オレンジ・ランプ

山国秀幸

オレンジ・ランプ

私の夫、只野《ただの》晃一《こういち》は認知症だ。

正式には、「若年性アルツハイマー型認知症」。

三十九歳の時にそう診断された。

当時、二人の娘はまだ中学二年生と小学五年生だった。

でも、あれから九年経《た》った今も、普段通りに家族で暮らしている。

認知症っぽくない——夫は周りからよく言われるそうだ。

確かにその通りかもしれない、

でも「認知症っぽい」ってなんだろう。

私も夫も、あの頃は何も分かっていなかった。

完全に思い込んでいたのだ。

「認知症は人生の終わり」だと——。

只野晃一

大学病院の待合室で、僕は胸騒ぎが収まらなかった。

先週は入院までして全身を検査した。ＣＴやＭＲＩは生まれて初めて受けた。他にもいろいろ検査をやった。何やら痛い検査もあった。やはり何か、自分は重い病気なのだろうか。癌《がん》の可能性もあるのだろうか。

脳神経外科の待合室は、内科や外科などと違って、子どもや若い人はほとんどいない。下を向いて待っている年配の人たちは、全員が重い病気を患っている患者に見えた。ここに来て、どれくらいの時間が経っただろう。不安と一緒に、待たされている苛立《いらだ》ちも湧き上がってくる。

「大丈夫だって。そんな顔しないで」

その様子を察したのか、隣に座っている妻の真央《まお》が声をかけてきた。

少し微笑《ほほえ》んで、また読んでいた雑誌に目を戻した。待合室に来るなり、マガジンラックから見つけてきた料理本だ。さっきから興味深そうに、煮物のレシピを読んでいる。今日は珍しくジャケット姿だ。

「普段着でいいんじゃないの？」と僕は出かける前に言ったが、「一応、先生の説明もあるから」と気を遣ったらしい。この紺色のジャケットを見るのは、次女の参観日以来かもしれない。

しかし、真央は全く心配していないようだ。

「どっこも痛くないんだよね？　大丈夫、大丈夫！」

そう何度も言っていた。相変わらず能天気だ。確かに、何か強い痛みや症状があったわけではない。真央の言う通り、気にしすぎなのかもしれない。

「只野晃一さん」

看護師に名前を呼ばれ、二人で診察室に入る。

促されるまま、医師の前の椅子に座った。ここに座るのは二度目だ。初めて来た時は、検査内容の説明を受けた。医師が何度も「念のため」と言っていたことを覚えている。その後の検査入院を経て、あれからもう一ヶ月が経っていた。

医師のデスクの上のパソコンのモニターには、レントゲン写真が大量に映し出されていた。脳や血管の写真のようだが、よく見ると「只野晃一」という名前が載っている。自分の写真だと分かって、緊張感が高まる。

「只野さん、先日の検査、お疲れ様でした。検査の結果が出ましたので、お伝えしますね」

ゆっくりと医師が説明を始めた。

「HDS－RやMMSEなどの神経心理学検査、またCT・MRI・VSRADなどの脳画像検査の結果から……」

そこまで言うと、医師は少し間を空けた。

その表情には、検査の時に見せていた笑顔が全くない。その険しい顔に胸騒ぎが強まる。

「――総合的に判断して、やはり只野さんは、『若年性アルツハイマー型認知症』という結論に至りました」

その瞬間、世界から音がすっと消えた。

「認知症――」

想像したことがなかったわけではない。検査の前、その可能性があることも医師から聞いていた。検査の内容も認知症に関わることだとは分かっていた。

でも、まだ三十九歳だ。あり得ないと思っていた。あれは老人の病気ではないのか。全ての記憶がなくなり、自分のことも誰だか分からなくなり、周りに迷惑をかけ続け、やがて死にゆく最悪の病。ある意味、末期癌の方がマシなのではないのか。自分の病気はその「認知症」だというのか……。

医師はレントゲン写真を見せながら説明を続けていた。「脳が萎縮している」という言葉を最後に、その声はどんどん遠ざかっていく。いや、聞きたくなかった。淡々と動く医師の口元だけを見て、溢《あふ》れそうになる涙を必死で堪《こら》えていた。心臓の鼓動が高まり、視界が狭くなっていく。黒い淵の底にゆっくりと落ちていくような感覚になった。

「な、なんで――」

聞き慣れた声がその静寂を打ち消した。

現実に戻り、その声の方を見ると、真央が目に涙を浮かべていた。さっきまでの笑顔は消えていた。明らかに大きく動揺している。

「ちょっと待ってください。だって――まだ三十代なんですよ」

それは、〈だから何かの間違いじゃないですか?〉という、真央の悲痛な問いだった。その可能性を祈るように僕も医師の顔を見る。

「これは、私だけで判断したわけではなく、各方面の専門の先生方の診断を総合して至った結論なんです」

医師は冷静に答えた。それは、〈間違いではない〉という意味の返答だった。

僕たちの祈りは、一瞬で打ち消された。隣の真央は、過呼吸のように体を揺らし始めていた。今にも椅子から崩れ落ちそうだ。小柄な体が更にひと回り小さくなった気がした。

すがるような声で、真央が続けて聞く。

「治す方法は、ないんですか?」

医師は少し困った表情を浮かべて、二度ほど頷《うなず》いた。

それは、〈そうですね。とても残念ですが……〉という意味だった。

「薬で進行を遅らせることが可能かもしれません」

言い訳のように聞こえる医師のその言葉に、僕は絶望した。

『治療法がない病』という現実。僕の人生は終わったのだ。また世界からゆっくりと音が消え始めた。

「そんな――。なんで、なんで――」

真央が椅子から崩れ落ちた。

その鈍い音で、また現実に戻る。足元で紺色のジャケットが震えている。真央は泣いていた。「大丈夫ですか？」と看護師が慌てて駆け寄る。僕は思わず体が動き、床に座り込んだその小さな肩を抱きしめていた。

「大丈夫。大丈夫だから」

何の根拠も説得力もない、無力な言葉だった。それは分かっている。

「大丈夫だから。大丈夫」

それでも僕は、その意味のない言葉を繰り返すことしか出来なかった。

もちろん、僕には心当たりがあった。

だからこそ、「病院で一度ちゃんと診てもらおうと思う」と自分から言い出したのだ。物覚えが悪いなと感じたのは、実は数年前からだ。最近は特に違和感を覚えることが増えていて、毎日が不安になっていた。

ある夜、会社帰りにお土産《みやげ》を買って帰った時のことだ。二人の娘、朱音《あかね》と穂花《ほのか》が大好きな春栄堂のバームクーヘンだ。小学五年生の次女の穂花は、買って帰った時はいつも「ありがとう！　パパ、大好き！」と言いながら、満面の笑みで抱きついてくれる。中学一年生の朱音のリアクションは以前より少し薄くなったが、それでも毎回満更でもない表情をしてくれた。お店は駅の反対側の改札口にある。立ち寄ると少し遠回りになるが、娘たちのその嬉しそうな顔が見たくて、たまに買って帰るのだ。

その夜も帰宅するなり、リビングのソファでテレビを見ている二人を驚かそうと考えた。いつものように「ジャジャーン！」と声を出し、春栄堂の紙袋を見せつけるように大袈裟《おおげさ》に上に持ち上げた。でも、この日はいつもと反応が違った。娘二人は呆気《あっけ》に取られ、不思議な顔をして僕を見上げている。

「パパ、昨日も買ってきたじゃん」

朱音から予想もしなかった冷静な反応が返ってきた。呆《あき》れたような顔でこちらを見ている。僕が戸惑っていると、穂花がキッチンから持ってきた紙袋を持ち上げた。

「ほら」

その紙袋は、自分が今手にしているのと同じ春栄堂のものだった。からかうように朱音が言ってきた。

「パパ、惚けちゃったんじゃない？」

「あれ？　あ、そっか、そうだったー」

笑ってごまかしたが、全く記憶になかった。考えても思い出せない。穂花が僕の手から紙袋を取り上げて言った。

「でも、ありがとうね、パパ。これでしばらくなくならないもん」

二つの紙袋を左右の手で持って、嬉しそうにしている。

「あんまり食べると太るよ。ママみたいに」

朱音が穂花をからかう。すぐにキッチンから真央の声がした。

「聞こえてるわよー。ママ、太ってないもん」

「わっ！　出た！　地獄耳！」

朱音が大袈裟に肩を竦《すく》めた。その仕草を見て、真央と穂花が笑った。一緒に僕も笑っていたが、やはりどうしても思い出せなかった。

僕は、休日になると必ず、自分の車を自宅の駐車スペースで洗車している。

「自分の車を大事にしない営業マンに、車は売ることは出来ない」と考えているからだ。とにかく、自分の商品を愛すること――。長い営業経験を経て、僕が至った成功のセオリーだ。真央にも以前、その話をしたことがある。ただ、「よっ！　さすがトップ営業マン！」とからかわれてしまったが。

あの日もいつものように洗車をしていた。まだ陽が長い季節の夕方だった。洗い終えたあと、ホースで水をかけながら、車体の泡を落としていたタイミングだった。買い物から帰ってきた真央が不思議なことを言った。

「パパ、また汚れちゃった？」

僕は意味が分からず、「え？」と聞き直した。

「今朝も洗ったのに、すごいね」

〈今朝も洗った？〉どういう意味だ……。

真央は感心しながら続けた。

「本当に大事にするよね。さすがトップ営業マン！」

「あぁ。うん」

笑ってごまかしたが、僕には今朝の洗車の記憶がなかった。いや、それだけではない。今朝の記憶が全て消えていた。何を食べたのか、何をしていたのか、思い出せなかった。

この後も同様なことが続いた。毎回笑ってごまかしていたが、段々、笑えなくなっていった。そして、自宅だけでなく、勤めている会社でも違和感は強まっていた。

僕は、「ワッツ東都」という自動車の販売会社に勤務している。

十七年前、二十二歳で営業職として入社した。その同期の新入社員の中に真央がいた。一ヶ月間の新人研修で親しくなったが、配属は別々の支店になった。配属後、真央はあっという間に同期で売上トップになった。彼女は決して、口が上手《うま》い営業マンというタイプではない。天真爛漫《らんまん》で飾らない性格の真央を、先輩社員たちや既存のお客様たちが可愛がって、何かとフォローして売れているようだった。「何で売れるのか、自分でもさっぱり分からない」と笑いながら真央は言っていた。

僕の方は、売るのが難しいと言われている地域の支店に配属された。毎日、何十件も訪問したが、全く売れなかった。営業成績が上がらず落ち込んでいる僕に、「大丈夫、大丈夫。何とかなる」といつも励ましてくれた。

真央の「大丈夫」には、いつも根拠はなかった。でも、その笑顔と「大丈夫」という言葉に何度も救われていた。真央と一緒にいると、自分の悩みが小さく思えた。真央に励まされると、何でも出来るような気になれた。気づくとずっと一緒にいたいと思うようになっていた。

「付き合って欲しい」

気持ちを伝えたのは僕の方だ。「もちろん！」と真央は即答してくれた。ただ、交際していることは、同期の宮下と数人の仲の良い仲間以外には伝えなかった。宮下も新人研修で親しくなった、何でも話せる一番仲が良い同期だ。いつも冷静で客観的な宮下は、僕が真央と話をしている姿を見て、すぐに気があることが分かったようだった。「真央と付き合うことになった」と僕が報告すると、「やっぱりな」と喜んでくれた。

その後、一年間の秘密の社内恋愛を経て、結婚。結婚を社内に報告した時、真央に密かに好意を持っていた男性社員が何人もいたことを知った。「盗られた。狙っていたのに」と皆が僕を冷やかした。

結婚のタイミングで、真央は退職した。「今どき、寿退職なんて」と上司たちは慰留した。でも、退職は今後の妊活から子育てを想定した本人の希望だった。優秀な営業社員の退職は、会社にとって相当な痛手だったはずだ。上司からは「奥さんの分まで売れよ」と皮肉を言われた。

入社しばらく毎回最下位だった僕の成績は、その後、家族を守らなければという責任感からか、常に上位になった。トップ営業マンとして、社長からは何度も表彰されてきた。報奨として、国内旅行だけでなく、グアムやハワイなどの海外旅行にも行かせてもらった。

一度、全社のトップ営業マンへの報奨として、サッカーワールドカップのドイツ大会に招待してもらったこともある。目の前で見た日本対ブラジル戦は一生の思い出になった。後輩や同僚には慕われていると思う。

お客様にも慕われていると思う。今、四百名以上のお客様を持っている。そのお客様のほとんどが、会社ではなく僕の携帯に直接電話してくる。仕事や車に関わることだけじゃなく、プライベートの相談でも連絡がある。そのため、繁忙期になると、休日でも携帯が鳴りっぱなしだ。一度購入してくれたお客様は、買い替えや点検、修理の時には必ず僕に相談してくれた。お客様が別のお客様を紹介してくれることも少なくなかった。一度、後輩の営業マンに「営業のコツ」を聞かれたことがある。

「車を売ることを優先するのではなくて、お客さんが車を持つことで実現したいことを叶《かな》えてあげるように心がけている」

僕のこの言葉をたまたま聞いていた上司が感心し、全社の営業マン向けに講演をしたこともあった。

十七年の年月は、営業マンとしての自信を揺るぎないものにしていた。全てが順調だった。今は、同期の宮下とは同じ支店の同じ営業部に所属している。今でも社内で一番仲が良い同僚であり、良きライバルだ。互いに刺激し合って、仕事をしていた。体力もあったし、経験も積み、充実した毎日を過ごしていた。そして、そんな日がずっと続くと思っていた。

ある日、電話を取った女性事務員の山崎尚子《なおこ》が声をかけてきた。

「只野さん、山田様から二番にお電話です」

〈山田様……〉

山田様が全く分からなかった。名前も顔も思い出すことが出来ない。

僕が考え込んでいると、尚子が不思議そうな表情で言った。

「昨日連絡したタイヤ交換の件だそうですが」

〈タイヤ交換……〉やはりどうしても思い出せない。焦って、手帳でスケジュールを確認する。確かに今日の日付のところに『山田様　タイヤ交換』とメモが書かれていた。僕は慌てて電話に出た。

「山田様、タイヤ交換の件ですよね」

急いで机の上のファイルボックスから顧客ファイルを取り出す。山田様の顧客シートを見ながら、何とか話を合わせて対応した。でも、山田様のことも、そのメモを書いた記憶も全く思い出せなかった。

お客様だけでなく、会社の上司や同僚の顔が分からなくなることがあった。首から下げている名刺ホルダーを見て、相手の名前を確認することもあった。

全身の倦怠感《けんたいかん》が取れず、眠れない夜が多くなっていった。集中力が保てず、やる気が起こらない日もあった。仕事のストレスで、「鬱《うつ》」になったのだろうかと思い始めていた。

そんなある日、事件が起こった。

営業部に島崎社長が怒鳴り込んできた。

「只野！　お客様との商談、どうしたんだ？」

「え？」

「さっき一階でお前とすれ違ったのに無視されたとお怒りになって帰られたみたいだぞ」

僕は慌てて手帳を手に取り、予定を確認しようとしたが、更に島崎社長は怒鳴った。

「何してるんだ！　早く追いかけて、お詫《わ》びしろ！　お客様の顔を忘れるなんて、お前は営業失格だ！」

僕は慌てて部屋を飛び出し、ショールームに向かった。

皆の前で社長に怒鳴られた。入社以来、こんなことは初めてだった。島崎社長には、トップ営業マンとして何度も表彰してもらった。その度に、「いつもありがとう。次も期待しているよ」と言ってくれた。五十代後半の社長は、常に腰が低く、温厚で、怒っている姿を一度も見たことがない。それだけに、僕は大きなショックを受けていた。

一階のショールームには三組のお客様がいた。ただ、自分のお客様かどうかが分からない。全てのお客様には、担当営業が付き添っているので、ここにはいないようだ。

既に帰られてしまったのか？　ショールームを飛び出し、会社の外の歩道に出る。まばらに人が行き交っている。一人の男性を追いかける。追い越して振り返り、顔を確認するがやはり分からない。別の男性も追いかける。やはり顔に見覚えがない。そもそも、そのお客様の顔が思い出せないのだ。自分はどうしてしまったのか……。

こうして僕は、毎日を不安と不確かな世界の中で過ごすようになっていた。

「認知症」と診断された病院の帰りは、天気予報通り、強い雨が降っていた。

自宅の最寄り駅に着いた頃には、十九時を回っていた。バス停には、帰宅途中の会社員や学生が長い列を作っている。バス停の雨よけから、傘の列が大きくはみ出し、駅前まで続いていた。この列の長さだと次のバスに乗れないかもしれない。乗れたとしても、車内は相当混雑するだろう。

「雨だし、タクシーで帰ろうか」

そう言い出したのは珍しく真央の方だった。普段は何があってもバスに乗るか、天気が良ければ徒歩で帰る道のりだ。「タクシーなんて贅沢《ぜいたく》」が真央の口癖だった。ただ、今夜は二人とも精神的に疲れてしまって、もうその気力は残っていなかった。

真央はタクシーの中で何も言葉を発しなかった。まだ動揺が残っているのか、何かを深く考えているような表情をしている。スマホもいつものように触っていない。車を打つ雨の音と、フロントガラスのワイパーの音だけが鳴っている。サイドガラスの外は、雨で景色が見えず、僕の不安を増幅させた。

タクシーなら自宅まで五分程度の距離だ。あっという間に住宅街の中の見慣れた一軒家が正面に見えてきた。

タクシーが着く直前、「なぁ、二人にこのことは——」と僕は言った。二人の娘には、検査結果を伝えたくなかった。自分でもまだ受け入れることが出来ていない。娘たちにどんな顔をすればよいか分からなかった。

「うん。分かってる」

真央は僕の気持ちを察して頷いた。その顔は不安に満ちていた。

帰宅すると、朱音と穂花がリビングのソファに座り、テレビを見ていた。いつものバラエティ番組だ。真央が「ただいま」と声をかけた。

「おかえり」

「おかえり」

二人の娘が揃《そろ》って答える。ただ、その視線はテレビに釘付けになったままで、振り返りもしない。僕は、自分の顔を見られずに済んで、少しホッとした。

「ご飯、チンして食べた？」

真央が尋ねると、「食べたー」と二人がまた同時に答えた。やはり視線はテレビに向けたままだ。

「あ、病院どうだったの？」

朱音が思い出したように聞いてきた。チラッと一瞬こちらを見たが、その目はまたすぐにテレビに戻った。僕が真央を見ると目が合った。真央がどう答えるのか不安だった。

「あ、なんでもないって」

何事もなかったかのように真央は答えた。

「でしょー」

「だって、パパ元気だもん」

朱音と穂花がそれぞれ返してきた。二人は何も気づいていない。僕はまた少しホッとした。それにしても、この年齢で父親が「認知症」と診断されたとは、想像もしていないだろう。「認知症」の意味も分かっていないはずだ。毎日、面白おかしく生きている年頃で、病気そのものにも無縁だ。

僕は動揺を悟られないため、「今日はこのまま寝るね」と言って、すぐに二階の書斎に向かった。

いろいろ調べたいこともあった。書斎に入るなり、照明も点《つ》けずにデスクに向かい、パソコンの電源を入れる。医師の言葉を信用していないわけではない。しかし、彼らも常に最新情報を摑《つか》んでいるわけではないはずだ。インターネットで検索すれば、何か新しい情報が出てくるかもしれない。

立ち上がった画面の検索サイトに文字を入力する。まずは「認知症」。大量の検索結果が表示された。「二年後には寝たきり」「若年性認知症は進行が早い」「十年後には死亡」などのネガティブな文字ばかりが目に入る。ポジティブな情報はどこにも見当たらない。ある程度予想はしていた。ただ、やはり恐ろしくなり、体が震え出す。もっと、何かないのか。スクロールとクリックを繰り返す。何度も画面を更新するが、やはり結果は同じだ。

次に「認知症　治療法」で検索してみる。「治らない」「不治の病」などの言葉が並ぶ。それらを見ないようにして、やはりスクロールとクリックを何度も繰り返す。ポジティブな情報もあったが、霊感商品や健康食品などとつながっていて、どれも怪しい。

「認知症の運転で交通事故。家族に損害請求が」という記事が目に留まる。認知症の高齢者が運転した車で交通事故を起こし、相手が亡くなってしまい、その慰謝料や損害賠償が家族に請求されたという記事だ。自分のせいで家族に迷惑がかかってしまうのか。もう車の運転もしない方がいいのか……。

「介護に疲れた息子が、認知症の母親を殺した」という記事が続く。三十九歳という自分の年齢を考えると、あと何年生きるのか。長ければあと四十年生きる可能性だってある。その間、真央や娘たちに介護の負担をかけるのか。想像しただけで、息が苦しくなる。涙が溢れて止まらなかった。震えも止まらない。このまま死んでしまうのか……。それでもいい。いや、まだ死にたくない。このまま二人の娘と真央を置いて、死ぬわけにはいかない。どうすればいいんだ。なんで？　なんで僕が認知症に――。なんでこんな目に遭《あ》わなきゃいけないんだ――。

只野真央

二階に上っていく晃一の背中に、何も声をかけられなかった。

病院で医師に「認知症」と告知された時も、晃一は全く動じていなかった。落ち着いた様子で、医師の説明を聞いていた。逆に、私の方が取り乱してしまった。認知症の可能性があることを、事前に予想していたのだろうか。

私は全く想定していなかった。確かに、以前から違和感のあることは少なくなかった。コンビニで何度も同じものを買ってくることもあった。二日連続、同じお土産を買ってきたこともあった。朝、出勤前に何度も歯磨きをしたり、一日に何度も洗車をしていたこともあった。家族の予定を忘れることもあった。

先日、晃一の実家に車で向かった時のことだった。晃一の実家は、車で三十分ほどの距離だ。月に一度は、晃一の運転する車で、家族四人で顔を見せに行っている。

途中、晃一がいつもと違う道を曲がった。助手席の私が「ん？　どこか寄るの？」

と晃一を見ると、明らかに顔が焦っていた。「あれ？ いや」と言い、何度も首を傾げながら運転している。その後、「大丈夫」と言いながら、何度か交差点を曲がったが、結局どこに向かっているのか分からなくなってしまった。最終的にはカーナビに頼ることになったが、こんなことは初めてだった。一時間以上かかってしまい、晃一の実家に着くと、心配した義父母が玄関の外で待っていた。それでもその時は、「パパ、大丈夫?」と言って笑っていた。

「病院で一度ちゃんと、診てもらおうと思う」

そう言い出したのは晃一の方だ。やはり心配だったのだろう。ただ、私の方は「入院して検査する」と聞いた時も、「何だか、大袈裟だなぁ」と思ったくらいだった。見た目は大きな違和感がなく、健康そのものだ。だから今日の病院でも「働きすぎのストレス」という検査結果だと勝手に予想していた。ずっと楽観視していたのだ。

それが認知症だなんて。まだ三十九歳なのに——。

私たちはこれからどうなるのだろう。晃一は仕事を続けられるのだろうか? いや、いずれは辞めなくてはならないはずだ。認知症なのだ。お客様や同僚の顔や名前も思い出せないことがあると言っていた。これから病気が進行すれば、それでは仕事にならないはずだ。

でも、会社を辞めたら生活はどうなるのか？　収入はどうするのか？　娘たちの教育費はどうなるのか？　いつ頃から徘徊《はいかい》をするようになるのだろうか？　私も今、通っているパートを辞めて、介護をしなくてはならないのか？　考えれば考えるほど、不安に押しつぶされそうになる。

テレビを見ていた朱音が急に振り返った。何かを察したのかと思い、無理矢理作った笑顔で返す。バラエティ番組の大袈裟な笑い声で、またすぐに朱音は引き戻された。朱音は何も気づいていない。何も知らない娘たちの笑い声は、更に私を不安な気持ちにさせた。二階の様子を気にしつつ、晩ご飯の後片付けと明日のお弁当の準備に取りかかった。

家事を終えても、晃一は下りてこなかった。本当に寝てしまったのだろうか……。

お風呂に入り髪の毛を乾かし終えてリビングに戻ると、もうそこには娘たちの姿はなかった。時計を見ると二十三時を過ぎている。二階の自分たちの部屋で眠ったのだろう。消されたテレビと誰もいない静かなリビング。寝る前の見慣れた風景なのに、今夜はやけに寂しく感じてしまう。晃一はやはりあれから一度も下りてきていなそうだ。

リビングの灯《あか》りを消して、階段を上り、寝室に入った。ベッドに晃一がいない。書斎だろうか？　隣の書斎の扉の下からは、照明の灯りが漏れていなかったはずだ。寝室を出て、書斎の扉を小さくノックしてみる。返事はなかったが、扉を開けた。部屋の照明は点いておらず、デスクの上のパソコンの画面だけが青く灯《とも》っている。その下で晃一が膝を抱えて、俯《うつむ》いて座っていた。

「パパ、どうしたの？」

声をかけて近づくと、パソコンの画面が目に入ってきた。そこには、検索結果が表示されていた。「認知症は二年後には寝たきり」「十年後には死亡」「認知症で退職」などの酷《ひど》い情報が書かれていた。

驚き、改めて晃一を見ると、小さな嗚咽《おえつ》が聞こえる。

〈なんで、なんで、俺が――〉

晃一は泣いていた。隣の部屋で眠る娘たちに声が漏れないよう、左右の掌《てのひら》を重ねて強く口に当て、声を押し殺して泣いていた。誰よりも不安なのは、晃一の方なんだ。晃一が「認知症」と診断されたのだ。自分がしっかりしなきゃいけない。

「大丈夫。大丈夫」

晃一の隣に座り、肩を抱きながら、耳元で伝えた。晃一の体は小さく震えていた。こうなったらとにかく、何でもやってみよう。私が絶対、認知症を治してやる。晃一は私が支える。やれることはまだまだあるはずだ。私たちは夫婦なんだ。今までも晃一が弱気になった時は、いつも私が支えてきた。そう考えると逆に使命感が湧いてきた。

「大丈夫。大丈夫」

晃一の小さな嗚咽は止む気配がなかったが、私はその言葉を何度も繰り返した。


晃一とは、会社の新人研修で出会った。

研修期間は一ヶ月間ほどだったが、その間に一気に親しくなった。晃一の純粋で人《ひと》懐《なつ》っこいところに惹《ひ》かれて、私はすぐに好意を持った。配属は別々の支店になったが、出会って数ヶ月で付き合うことになった。

「付き合って欲しい」

晃一からそう言われた時は、本当に嬉しかった。

付き合った当初から結婚を意識していた。だから「結婚したいね」と最初に言ったのは私の方だ。付き合い始めてから、四ヶ月しか経っていなかった。でも、何の迷いもなかった。晃一も「そうしよう」と即答してくれた。

私たちはすぐに結婚しようと、互いの両親に報告した。晃一の両親は認めてくれたが、私の両親には「まだ早すぎる」と大反対されてしまった。私が決めたことに今まで反対されたことがなかったので驚いた。その後、晃一は何度も結婚の許しをもらいに行ったが、その都度頑《かたく》なに反対された。「もう来るな」とまで言われたことがあった。私は少し諦めかけていたが、最後は根負けした両親が認めてくれた。結婚式を挙げたのは、結婚しようと決めてから一年後だった。

晃一は純粋な性格なので、昔から上手くいかないことがあると自分を責めることが多い。新人の頃、営業成績が上がらなかった時は、「自分のやり方が悪い」とすぐに落ち込んでいた。社内の人間関係で悩んだ時も、「自分のどこが悪いんだろう」と反省していた。その都度、私は「そのうち何とかなる」「大丈夫！」と言ってなぐさめてきた。出会った頃からそうやって、私が支えてきたのだ。

翌朝、いつもより早起きをした。

すぐに行きたいところがあった。キッチンで娘たちの朝食の食器の洗い物をしていると、「行ってきます」と朱音と穂花の声がした。

「行ってらっしゃい。気をつけて」と言いながら見送りに向かう。玄関では、穂花が靴を履くのに時間がかかっている。朱音が玄関の扉を開けたまま、いつものように急《せ》かす。

「だから、早くしなよ」

「ちょっと待って」

開いた扉の間から見える正面の道路には、隣の家の息子で朱音の同級生の田中遼が歩いている。幼稚園からの幼馴染《おさななじみ》だ。中学でもサッカー部に入り、レギュラーで活躍していると母親の美幸から聞いたことがある。

靴を履き終えた穂花が顔を上げると、扉の向こうにいる遼に気づき、声をかける。

「あ、りょうちん!」

「おう、おはよ」

「おはよう!」

二人が元気に答えて出ていった。閉まった扉に鍵をかける。

キッチンに戻り洗い物の続きをしていると、晃一が二階から下りてきた。昨夜のことは何もなかったかのような表情をしている。少し安心したが、なぜかスーツを着ていた。今日まで有給休暇を取っているはずなのに。

「今日まで有休だよね？」

「うん。そうだけど、会社行こうかなと思って」

晃一は出勤するつもりなのか。今日はまだダメだ。昨日、認知症と診断されたばかりだ。何があるか分からない。

「ダメダメ、お願いだから、今日は動かないで。これから買い物に行ってくるから、家で留守番してて。お昼過ぎには帰ってくるから。お昼ご飯はこれ食べて」

テーブルの上に置いたお皿を指して伝える。晃一のお昼ご飯として作っておいた炒飯だ。ラップを掛けておいた。

晃一は「あぁ」と諦めたように答えた。私は出かける支度をしながら、思いついたことを次々に伝えた。

「火は使わないでね。温める時はチンして。あ、車は使わないで。スマホは近くに置いておいて。何かあったら連絡して」

晃一は、「はいはい。分かった」と少し呆れたように答えた。私は念のため、ガスコンロが使えないよう、コンロ台の下の扉を開き、元栓を閉じた。それからキッチンとリビングを見渡し、外れかけたコンセントなど危険なものがないかを一通り確かめて家を出た。

只野晃一

誰もいないリビングのソファに座ると、大きなため息が出た。

いつもならすぐにテレビを点けるが、そんな気にもなれなかった。テレビの音がない部屋は、こんなにも静かなのか。

昨日の夜は、情けないところを真央に見られてしまった。でも、感情をコントロール出来なかった。恐ろしい情報を見てしまった。検索しなければよかった。今も「認知症」という現実を考えるだけで、息が苦しくなり、涙が溢れてくる。一昨日までの何も知らなかった自分に戻ってしまいたい。

テーブルを見ると、高校の入学案内のパンフレットが目に入った。『制服が可愛いから』という理由で、朱音が第一志望にしている私立の女子高校だ。お洒落《しゃれ》に目覚めた朱音が志望するだけあって、確かに制服は可愛い。表紙に写っているこの制服を着た朱音をすぐに想像することが出来た。社交的なあの性格なら、高校でも楽しい学校生活を送れるだろう。

パンフレットを手に取り、パラパラとめくる。中に一枚の用紙が挟まれていた。授業料などが記載されたシートだ。それを読みながら、頭の中で計算をする。入学金や授業料、その他の費用を入れると、初年度は百万円近くか。制服や鞄《かばん》も必要だろう。修学旅行は海外のようだ。更に追加で費用がかかるはずだ。

いつまで仕事を続けることが出来るのだろうか。それを考えると、また息が苦しくなる。朱音の次に穂花もいる。二人が大学まで行けば、あと十年は授業料が必要だ。それまで仕事を続けることは出来ないだろう。何か制度はないのか。そう言えば「介護保険」は使えないのだろうか。しかし、いくら支給してもらえるのだろうか。窓口は市役所にあるはずだ。今後のことを考えると、早めに申請しておいた方がいい。とりあえず相談に行ってみよう。そう考えると、じっとしていられなかった。

市役所に来るのは何年ぶりだろうか。「今日は動かないで」と真央は言っていたが、仕方ない。ただ、「車は使わないで」という言葉には従い、三十分以上かかったが、ここまで歩いてきた。市役所のエントランス前の駐車場に並ぶ車を見ると、つい一昨日まで普通に運転していたのに……と暗い気持ちになった。

市役所の建物は古く、中は相変わらず雑然としていた。現在隣に新庁舎を建設していて、数年後には移転すると聞いていた。ロビーでフロアガイドを見る。どこに行けばいいのかと探していたら、四階に「介護保険課」という文字を見つけた。ここに行けば分かるはずだ。

エレベーターに乗り、四階で降りる。エレベーターホールのフロアマップで場所を確認し、一番離れた場所にある「介護保険課」に向かう。廊下の照明は節電のために消されていた。その薄暗い廊下を歩きながら、また暗い気持ちになった。

そこは、天井から吊るされたパネルに「介護保険課」と書かれていた。カウンターの前に立ったが、職員たちは忙しそうで、なかなかこちらに気づいてくれない。「すみません」と一番近くにいた二十代半ばの男性職員に声をかける。ようやく気づいて近づいてきた。胸の名刺ホルダーを見ると『介護保険課　森本亘《わたる》』と記載されている。

「こんにちは。どうかされましたか？」

「介護保険のことでお聞きしたいのですが」

「分かりました。どうぞお掛けください」

促されて座ると、森本はカウンターの上に雑然と置かれていた書類や資料を片付けながら聞いてきた。

「それで、どなたのでしょうか？　お父様？　お母様？」

「あ、いや、私です」

森本は「え？」と手を止め、驚いた表情で顔を上げた。

「私、認知症なんです」

「認知症……」

森本は困惑しているようだった。奥にいた五十代の男性職員がその様子に気づいてやってきた。名刺ホルダーには『介護保険課　課長　中村康雄』と書かれていた。

「どうした？」

「この方、認知症だそうです」

「ん？　認知症？　そんなわけないでしょう」

僕を見るなり、中村はそう言って笑った。僕は真顔で答えた。

「病院で診断されました」

中村は一瞬黙ったが、今度は疑いの目を向けてきた。

「――ほんとに認知症なの？」

僕は苛立ちを隠せなかった。

「はい。若年性アルツハイマー型認知症だそうです。ですから介護保険の手続きをお願いしたくて」

中村は「あぁ。なるほど」と軽く頷き、表情を変えず「で、年齢はおいくつ？」と聞いてきた。

「三十九です」

森本がまた「えっ」と小さく驚きの声を出した。中村は森本を一瞥《いちべつ》したあと、少し大きな声で子どもに言い聞かせるようにゆっくりと言った。

「あぁ、あのですね、四十歳未満は介護保険を受けられないんですよ」

僕は愕然《がくぜん》とした。完全に当てが外れたのだ。

「支給してもらえないんですか？」

僕の問いに、「えぇ、制度ですので」と中村が冷たく答えた。森本を見ると、申し訳なさそうに下を向いている。では、僕はどうすればいいのか？

「私、どうすればいいでしょうか？」

「そんなこと、私に言われましてもねー。でも、なんで認知症なんかになっちゃったの？」

中村の言葉の後半はタメ口になっていた。哀れみを含み、偏見に満ちた言葉だった。

〈好きで認知症になったわけじゃない！〉

怒鳴りたい気持ちを必死で抑えていた。森本が心配そうな顔で聞いてきた。

「ご家族はいらっしゃるんですか？」

「まだ小さな娘が、二人います」

僕がそう答えると、森本は肩を落とし、「すみません」と言った。中村は気まずそうに苦笑いしていた。

望みを断たれてしまった。認知症になっても国は守ってくれない。これからどうすればいいのだ――。


重い足取りで市役所の建物を出ると、駐車場で佐山高志《さやまたかし》を見かけた。

佐山は、小学校からの同級生で幼馴染の親友だ。小学校入学と同時に、地域のボランティアサッカークラブに入るとそこに佐山がいた。学校でも何度も同じクラスになった。放課後は毎日、公園でサッカーをした。週末もサッカークラブの練習や試合などでも一緒だった。中学校の部活でも同じサッカー部だった。小学校から中学卒業まで、ほぼ毎日、佐山やサッカー仲間と一緒にいた。高校は別々だったが、やはりそれぞれサッカー部に入部した。高校でも、練習試合などで度々顔を合わせることがあった。

佐山と僕は性格がまるで違ったが、なぜか気が合った。佐山は、能天気で細かいことは気にしない。面倒見がよく、常にクラスの人気者だった。物おじせず、自分が思ったことを遠慮せずに言うタイプだ。

そのため、時々問題になったり、怒られることもあったが、それも自虐ネタにして皆を笑わせた。

小学校の頃、サッカーのリフティングの数を競い合って、ムキになって喧嘩《けんか》したこともあった。互いの初恋の相手も知っている。僕の結婚式で友人代表として挨拶してもらったら、皆が引くぐらい号泣していた。

出会ってから三十年以上経った今でも、月に一度、平日の夜に佐山も含めた地元のサッカー仲間が集まり、グラウンドで汗を流している。ただ、この半年間は一度も参加していない。仕事が忙しかったこともあるが、やはり自分自身の体に違和感を覚えていたからだ。

佐山は高校を卒業後、父親が亡くなっていたこともあり、家業である酒屋を継いだ。周りの酒屋がコンビニエンスストアに業態変えしていく中、「店名を残したい」という理由で酒屋を続けていた。その店名である『佐山酒店』と書かれた軽トラックから降りてきたところだった。

仲間たちには、認知症のことを絶対知られたくなかった。佐山には特に知られたくない。佐山のことだ、病気のことを知れば気を遣ってくれるだろう。何かと面倒を見ようとするかもしれない。でも、認知症が進めば、やがて僕の扱いに困るようになる。

僕はそのまま立ち去ることに決めた。幸い佐山はまだこちらに気づいていない。しかし、しばらく歩くと後ろから「こーいち！」と呼ぶ、聞き慣れた声がした。僕は気づかないふりをし、歩き続けた。

「おーい！　こーいち！」

更に大きな声がした。佐山が追いかけてくることが怖く、足を早めた。駐車場を出て視界から外れた途端、逃げるように走り出していた。佐山は追いかけてはこなかった。

スマホを見ると真央からの着信履歴がいくつも入っていた。心配でかけていることは分かったが、折り返す気にはなれなかった。

只野真央

自宅を出て、自転車で市立図書館に向かっていた。

出る前、晃一に「何もしないで」と少し言いすぎたかもしれない。表情で不満そうな気持ちは分かっていたけど、これからは何かと協力してもらわないとだ。

今朝は早起きをして、パソコンでいろいろ検索した。『認知症の治し方』『認知症に良い食べ物』など、一通り調べてみた。どの検索結果にも決定的な解決方法はなかったし、中には怪しい情報もあった。それでもいくつかやってみようと思えることがあったので、それらを全部メモに書き写した。図書館に行けば、もっと何か分かるかもしれない。

「若年性認知症は進行が早い」という記事もあった。でも、病気の進行は人それぞれのはずだ。何でも取り入れてみれば、効果が出るものもある。もう落ち込んでいる場合ではない。可能性があることは、何でもやってみようと思う。きっと奇跡は起こるはずだ。

市立図書館に来るのは久しぶりだった。

駐輪場に自転車を停め、館内に入る。ロビーのフロアガイドで、認知症関連の書籍コーナーを探す。でも、「認知症」という文字がどこにも見当たらない。レファレンスカウンターは空いているようだが、他人に「認知症の本を探している」と相談するには少し抵抗があった。仕方がないので、自分で探すことにした。開館直後ということもあってか、館内の人はまばらだ。

館内を回っていくと、「社会福祉」の書棚があった。近づいてみると、その書棚の近くにある、キャスター付きのワゴンが目に入った。そこには、「図書館で知る認知症」とPOPが貼られていた。認知症関連の書籍は、そのワゴンに集められていた。幅は五十センチほどで三段、想像していたよりも小さいコーナーだった。

最初、そのワゴンから『認知症』の本を手に取ることに躊躇《ちゅうちょ》した。知り合いに会った時、何と思われるかと心配になったからだ。ただ、よく考えてみると、三十九歳の夫が認知症だとは誰も想像しない。誰かに見られたとしても、私か晃一の両親だと思うだろう。

ワゴンの中の書籍のほとんどが、「認知症にならないため」の本か、介護をする側の妻や夫が書いた本だった。ワゴンから役に立ちそうな五冊を選び、貸し出しカウンターに向かった。

図書館のあとはホームセンターに行った。いつもは洗剤やトイレットペーパーなどの日用品を購入する場所だ。ガーデニングコーナーでアロエベラを探し、出来るだけ肉付きのよいものを購入した。これも検索で調べて、「認知症に良い食べ物」と出ていたものだ。葉の長さが七十センチほどあり、さすがに持ち帰ることが出来ない大きさだったので自宅への配送を依頼した。このあと、すぐに届けてくれるようだ。

次は、「脳トレ」の本を買うために書店に向かった。昔、テレビの番組で有名な大学の先生が〈認知症に良い〉と言っていたのを見たことがあった。当時は全く他人事《ひとごと》だったが――。「脳トレ」はドリル形式で、ペンで書き込む必要があった。さすがに図書館で借りるわけにはいかず、ここで三冊購入した。これで認知症が治るなら安い買い物だ。

最後はスーパーに立ち寄った。途中、晃一のスマホに電話をしたが出なかった。寝ているのだろうか。心配でその後も何度か電話をしたが、やはり同じだった。

スーパーでは、今晩のおかずと一緒に、「ココナッツオイル」と「イワシの缶詰」を買った。これも検索で調べたものだ。ホームセンターで買ったアロエベラも含めて、医学的な根拠は低そうだがどれも体に害があるものではない。やってみてもマイナスにはならないはずだ。

全ての荷物を抱えて家に帰ると、晃一はリビングのソファに座っていた。私は呆れてしまった。

「何度も電話したのに。スマホ見てないの？　心配したじゃないの」

「ごめん。気づかなかった」

「でも無事ならよかった。それより、これ見て。ココナッツオイルにイワシの缶詰。認知症に効くらしいんだよね」

買い物袋からそれぞれを取り出しながら伝える。晃一は少し驚いた様子だったので、

「ちゃんとネットで調べたから大丈夫」と付け足した。

「それと、これ、脳トレ」

書店で購入した脳トレ本を袋から出して、テーブルの上に並べた。

「え？」晃一の表情が少し曇ったように思えたので、やはり元気づけるように明るく話した。

「これ、いいらしいんだよ。偉い大学の先生がテレビで言ってたんだよ。毎日十五分で効果ありらしいよ」

晃一は「まじかー」と面倒くさそうに言った。

その時、インターホンが鳴った。壁に設置されている玄関モニターを見ると、台車に植物を載せたホームセンターの配送員が映っていた。

届けられたアロエベラは、ホームセンターで見た時よりも大きく感じた。リビングのテーブルに置くとますます存在感があった。

「何、これ？」

晃一は「次は何？」という表情で聞いてきた。

「アロエベラ。アロエの一種ね」

「いや、それは分かるけど」

「ホームセンターで買ったんだ。これも認知症にいいんだって」

晃一は明らかに困惑していたが、励ますように話した。

「とにかくさ、何でもやってみようよ。絶対治そうね。大丈夫だよ」

「あ、あぁ、そうだね」

「大丈夫、大丈夫」

何があっても私が支えると決めた。晃一の病気と向き合い、私が前を向いて引っ張っていくしかないんだ。


翌朝は早速、買ってきたものを使ってみた。

皮を剝《は》いだアロエベラを小さく切って、いつもの朝食のヨーグルトに入れてみる。これは見た目にも良かった。透明なアロエベラがゼリーのようにも見える。いい感じだ。味見してみたが悪くない。というか美味《おい》しい。近所の庭でよく見かけるキダチアロエと呼ばれる細いアロエは、苦くて食用に適さないと書いてあった。アロエベラで大正解だ。

小鉢に入れてテーブルに置いたタイミングで、晃一が二階から下りてきた。テーブルにつくと、アロエベラのヨーグルトに気づいて聞いてきた。

「これ、何入ってるの？」

「昨日買ったアロエベラ。食べてみて。美味しいよ」

晃一は恐る恐るスプーンで掬《すく》って食べた。口に入れた途端、表情が変わり、嬉しそうに何度も頷く。

「うん。いける」

「でしょ？」

晃一はアロエヨーグルトを食べ続けていた。私はキッチンで、焼き上がったトーストにココナッツオイルを塗っていた。これはまだ味見をしていないが、「無味無臭」だとネットに書いてあった。恐らく不味《まず》くはないはずだ。塗り終えたトーストを載せた皿をテーブルに置く。晃一はトーストを一枚取り上げ、その表面を覗《のぞ》き込みながらまた聞いてきた。

「ん？　これは、何を塗ってるの？」

「ココナッツオイル」

「ふーん」

「昨日言ったでしょ、認知症に効くって」

晃一が、恐る恐るそのトーストをかじる。一気に表情が曇る。

「うわっ、不味っ。何これ」

顔をしかめている晃一に、私はまた励ました。

「うん。でも、これもパパのため！　頑張ろう！　ね？」

結局、晃一は文句を言いつつ、全部食べてくれた。今は不味いかもしれないがそのうち慣れるはずだ。毎日続けていれば、必ず何らかの効果が出る。私はそう信じている。

朝食を終えて、身支度を整えた晃一は、「行ってきます」と玄関の方に向かった。

「ねえ！　ママ！」

私を呼ぶ晃一の声がした。玄関に向かうと、黒い革靴の内側をこちらに向けて、

「これ何？」と聞いてきた。今朝早く、晃一の革靴の内側に、油性ペンで『只野晃一』という名前と自宅の電話番号を書いておいたのだ。

「うん。何かあった時のためにね。念のためね」

私がそう言うと、晃一の顔が少し曇った。

「何かあったらって？」

私はあえて明るく答えた。

「もし、会社の帰りとか家が分からなくなっても、これで大丈夫！」

「なるほど……」

晃一は理解してくれたのか、「そうだね」と気を取り直したように言ってくれた。

「他も全部、書いておいたからね！」

シューズボックスに入っている他のスポーツシューズやサンダルまで、晃一のものには全て名前と電話番号を書いておいた。晃一は頷き、〈ありがとね〉と言って出ていった。

晃一は納得してくれたようだった。もしもの時のことを考えて、安心したのかもしれない。私の方も少し安心した。自分が晃一を支えていくんだという気持ちが、一層高まっていた。

只野晃一

「やれやれ——」

自宅を出て最寄りのバス停に向かいながら、気持ちが重くなった。あの不味いトーストをこれから毎朝食べるのかと想像したら気が滅入った。口の中に広がるあの妙なオイルの匂い。食パンの食感と混じり合って、粘土を食べているような感覚だ。

真央は、「そのうち慣れる」と言っていたが、慣れるはずがない。僕の好きなコンビニのソフトクリームにも、あの変なオイルをかけると言っていた。勘弁して欲しい。それに靴に書かれたあの名前と電話番号はなんだ。真央は悪気がないのだろうが、これではまるで幼稚園児だ。誰かに見られたらと想像すると恥ずかしくて、人前でも靴は脱げない。でも、認知症になったということは、幼稚園児になるようなものか……。いや、違う。幼稚園児のように、明るい未来があるわけではない。これは、人生の終わりの始まりなのだ。人生の終わりに向けて、何かが少しずつ変わり始めているんだ……。

久しぶりに会社に出勤すると、そこには日常が待っていた。

営業という仕事に際限はない。既存のお客様の対応から新規客の開拓、それらに関わるデスクワークも少なくない。僕はいつも時間があれば、はがきにメッセージを書いてお客様に出していた。車の宣伝は一切書かない。お客様の子どものことや趣味のことなど、それぞれのプライベートについて書く。

でも、最近そのお客様の顔が思い出せないことが増えていた。それに、認知症だということを、社内にどこまで隠せるのだろうか？　今まで何とかごまかしてきたが、バレてしまうのは時間の問題だ。「認知症です」と会社に伝えたら、皆はどんな反応をするのだろうか？　会社は解雇になるのだろうか？　その場合、どうやって生活をしていけばいいのか？　考えるほど、不安が増した。

それに最近は、パソコン画面を見ていると妙に疲れる。いや、画面というより、文字だ。書類を読むのもしんどい時がある。これも認知症の症状なのだろうか。気づくと大きなため息をついていた。

「どうした、只野。休みボケか？」

正面のデスクに座った男が声をかけてきた。僕は顔を上げ、その男の顔を見る。全く見覚えがない。前の席に座っていて、馴れ馴れしく声をかけてくるということは、恐らく同僚だ。ただ、名前はもちろん、顔も思い出せない。この男はいったい誰なんだろうか……。

「お前が珍しく有休取ったから、みんな驚いていたぞ」

何も返答出来ないでいると、その男は笑いながら更に問いかけてきた。

「おーい。起きてますかー？」

「あ、いやー」

曖昧に返答しながら、その男の胸元にあるネームホルダーを見た。

『営業一課　齊藤健治』

そうか、齊藤という名前なのか……。その名前も思い出せなかった。

「あぁ、迷惑かけたな。齊藤」

「迷惑とかないわ。つーか、お前働きすぎじゃない？」

覚えのない名前を呼びかけて返答したが、幸いにもバレなかったようだ。安心していると、今度は後ろの席の男が割り込んできた。振り返ると、二十代の若い社員だった。

「そうですよ。只野さんもちょっと手を抜いて、僕たちにもお客さん回してくださいよー」

その若い男の名刺ホルダーには、『沢口彰《あきら》』と記載されている。やはり顔も名前も覚えがない。齊藤がこの若い男、沢口に軽く説教した。

「こら。お客さんは自分で摑むもんだろうが」

「冗談ですよ、冗談」

見知らぬ二人のやりとりを見ながら、それがバレないように必死で笑顔を作った。そこに宮下がやってきた。僕は、見慣れた顔の同僚がやってきて、少し安心した。

「只野、そろそろだぞ」

宮下が自分の腕時計を指差しながら言ってきた。意味が分からず固まっていると、齊藤が呆れて言った。

「おいおい。十時から営業会議だろ」

「え？　あ、そうだったな」

そう答えると今度は沢口が言った。

「午後イチもよろしくお願いします」

僕はその予定も思い出せなかった。固まっていると齊藤という名の男が更に呆れた。

「おいおい、一時から、こいつと一緒に商談だろー」

「あ、そうだったな」

「やっぱ、休みボケだわ」

齊藤と沢口は呆れたように笑っていたが、宮下は不思議そうな顔で僕を見ていた。

僕は、慌てて机の上の会議の資料を集めながら、必死にその予定を思い出そうとしていた。

帰宅途中の電車に乗りながら、酷く疲れを感じていた。今日は定時で退社させてもらった。何とか一日を凌《しの》いだ——という感覚だ。後輩の沢口が同席したお客様との商談は、顧客ファイルを見ながら乗り切った。数年ごとに車を買い替えてくれる古い付き合いのあるお客様のようだったが、商談の最後まで顔を思い出せなかった。この先、このようなことがずっと続くのだろうか……。

この疲れは、久しぶりに電車で通勤したせいかもしれない。今までは、ほぼ車通勤だった。会社まで車だと三十分くらいの距離だが、電車とバスを乗り継ぐと一時間以上かかる。体力的な負担もあるが、「何かあったら——」と心配する真央の強い要望で、今日から電車通勤をしていたのだ。ただし、「しばらくは——」という条件だ。真央は、今後、僕が車を運転する時は、出来る限り同乗すると言っていた。もう自分が好きな時に自由に運転出来ないのか。自分の車を運転出来ない営業マンに、車は売れるのだろうか。認知症は僕から何もかも奪っていく。

帰宅すると娘たちが晩ご飯を食べていた。

「ただいま」

「おかえりー」

朱音と穂花が同時に答える。キッチンから「お帰りなさい」という真央の声がする。娘二人はダイニングテーブルに置かれたカレーを食べていた。僕の大好きないつものいい匂いがした。

「お、今日はカレーか、いいねー！」

僕が言うと「そだよー」と穂花が愛想よく答えてくれた。美味しそうに食べている。

「あ、パパは別メニューね。ちょっと待ってね」

キッチンから真央が言ってきた。何か別の料理をしているようだ。

しばらくすると、大きな皿がテーブルに運ばれてきた。何かの魚の頭の煮物のようだ。見た目が美味しくなさそうだ。というか、グロテスクで気持ち悪い。食欲が一気に失《う》せる。どうせこれもまた「認知症にいい」とか言うのだろう。でも、きっとこの料理も、真央が調べて買い物に行き、時間をかけて作ったものだろう。茶碗によそわれたご飯も白米でなく玄米になっていた。それを見た朱音が不思議そうに真央に尋ねた。

「ん？　パパ、何でカレーじゃないの？」

「あぁ、パパ、最近、太ったからね」

真央が答えると、朱音が僕に聞いてきた。

「ん？　そうなの、パパ？」

「あ、あぁ。そだね」

僕はただ笑って返すしかなかった。

朝食だけじゃないのか――。会社でいろいろあって、疲れて帰ってきているのに、この料理は何だ。怒りが湧いてくる。でも僕のことを考えて、良かれと思ってやってくれているのだ。

〈これもパパのため！　頑張ろう！〉

今朝の真央の顔を思い出すと、何も言えなかった。

「パパもカレー食べたいなぁ」

ふざけて正面に座っている穂花のカレーを覗き込んだ。穂花は〈渡さない！〉といった素ぶりで、自分のカレーを両腕で大袈裟に隠しながら言った。

「ダメー。パパ、おデブちゃんにならないでよー」

「何だよー。冷たいなー」

大袈裟に答えると穂花がクスッと笑った。真央が自分のカレーを持ってきて、テーブルに加わる。僕は感情を抑えて、その得体の知れない魚の頭の煮物を食べることにした。穂花が学校での些細《ささい》な出来事を話し始めた。真央は「へぇ」と頷き、朱音が冷静に突っ込んだ。いつもの食卓の風景だった。

会話が少し途切れて静かになったタイミングで、点けっぱなしにしていたテレビの音声が聞こえてきた。誰か分からないように加工された甲高い声だったが、画面を見ると映っていたのは年老いた女性だった。

「だって、夫が認知症って近所にバレたら、恥ずかしいじゃないですか」

その一言で、僕はテレビに釘付けになってしまった。ニュース番組のインタビューのようだった。答えている老婆の顔にはモザイクがかかっている。画面の左上には「認知症の実態！　介護で家族も限界に……」とテロップが出ていた。

「もう毎日が地獄ですよ。財布を盗んだとか、お前は誰だとか。ご飯を食べても、その後すぐに食べてないって暴れるし。夜中に勝手に冷蔵庫の中のものを食べるんです。それも手あたり次第ですよ。最近は失禁するようにもなって。娘たちも、見たくないって近寄らなくなって。そうそう、この前は夜中に徘徊して警察のお世話になって大騒ぎ。もう、こんな人生、嫌、もう嫌。誰か助けてください。助けてくださいよー」

その老婆は、最後には悲鳴に近い言葉を発して泣いていた。

「うわぁ、なんか大変そう」

穂花の声がした。気づくと家族全員が食事の手を止めて、テレビに見入っている。

真央と目が合った。朱音が嫌悪感を隠さずに言った。

「何これ。気持ち悪いなぁ。替えてよ」

　真央が取り繕うように、慌ててリモコンを取りにいく。画面が認知症専門医の解説に切り替わったところで、テレビの電源は切れた。

「ご飯の時はテレビを消す約束でしょ」

　真央が僕の顔色をうかがうように、ちらりとこちらを見ながら言った。僕は動揺を悟られないよう、黙々と食事を続けた。穂花が、またおしゃべりを始める。いつもの食卓に戻った。しかし、僕の頭の中ではテレビの中の老婆の言葉が何度も回っていた。

「失禁」「徘徊」「近所にバレたら恥ずかしい」「毎日が地獄」……。そして、娘たちの反応。これが認知症の現実なのだ。認知症になったら人間ではなくなる。人生は終わってしまう……。僕もやがて、人間ではなくなってしまうのだ。食べ物を口に運んでも全く味がしなかった。

只野真央

認知症と診断されてから三ヶ月が経った。

晃一の口数が明らかに減った。以前は、会社のこと、車のこと、サッカー仲間のこととか、いろいろ話してくれた。でも今は、最低限のことしか話さない。会社では大きな問題が起きてはいなさそうだが、家では認知症の進行を感じさせる出来事もあった。

毎朝、コーヒーメーカーで自分のコーヒーを淹《い》れるのが、晃一の日課になっている。

「私の分も」と私がお願いした時には、二人分を用意してくれる。

先日の朝、キッチンにいる私に晃一が声をかけてきた。

「あ、ママ、コーヒー淹れてくれてたんだ。ありがとね」

私が不思議に思いテーブルの方を見ると、晃一が淹れたてのコーヒーカップを持って立っていた。テーブルの上には、別のコーヒーの入ったカップが置かれている。でも、それは私が淹れたコーヒーではない。さっき晃一が淹れたものだ。自分で淹れたことを忘れて、もう一杯作ってしまったのだ。

「あ、それ、私じゃないよ。パパがさっき淹れてたよ」

そう言った途端、晃一は悲しそうな表情になった。私は慌てて、テーブルに向かい、そのカップを手に取った。

「いいよ。いいよ。私もコーヒーを飲みたかったから。これもらうね」

「あ、あぁ」

二人でテーブルにつき、それぞれのコーヒーを飲む。

薄い……。明らかにコーヒーの粉か水の量を間違えている。

「薄っ」

晃一もボソッと言った。どうやら新たに淹れたコーヒーも同じ間違いをしたようだ。

「私の方もそう。先に入れた粉の量を忘れちゃったのかもね」

晃一は更に落ち込み、下を向いてしまった。

ただ、こんなことで晃一に辛《つら》い思いをさせるわけにはいかない。仕方ないのだ。これから、こんなことは日常茶飯事になるはず。失敗する度に落ち込んで、悲しい思いをして欲しくない。

「これからは、コーヒー飲みたい時は私に言ってね。私が淹れるから」

私がそう言うと晃一は黙って頷き、飲み終えた自分のカップを持って流し台に向かおうとした。

「あ、いいよ。いいよ。私がやるから」

晃一のカップを引き取り、自分のカップと一緒に流し台に持っていく。

「いや、これくらいはやるよ」

晃一は言ったが、洗っている最中に食器が割れて怪我でもしたら大変だ。

「何かあったら大変だから、パパは座ってて」

私がそう言うと、晃一は頷いて座ってくれた。これからは出来るだけ、晃一の負担を減らそう。余計な失敗をすることなく、安心して毎日を過ごして欲しい。

あれからも何度も認知症に関わることを調べた。

ネットの記事では「認知症で年間一万人以上が行方不明になっている」と書かれていた。徘徊したまま行方不明になり、そのまま見つからないことが多いようだ。晃一もやがて徘徊する可能性がある。その時に備えて、「ランプ」をネットの通販で購入した。晃一が夜、徘徊した時に捜すための懐中電灯だ。これもネットで検索した際、「徘徊に備えて玄関に懐中電灯を置く」と出てきた情報だ。備えあれば憂いなしだ。

ただ、懐中電灯を玄関に置いていると、娘たちが不思議に思う可能性があったので、アンティーク風のランタンを選んだ。持ち手やフレームはブロンズ色の鉄の素材が使われていて、電源を入れるとオレンジ色に灯る。灯りが点いていなくてもインテリアとして十分お洒落なデザインだ。娘たちは「可愛い」と言ってくれたので、狙い通り。まさか徘徊に備えるための懐中電灯だとは想像もしていないだろう。

晃一には昨日の夜、寝室でこのランプを見せた。「念のため」と説明したが、ベッドの上から興味なさそうに「あぁ、そう」とだけ答えた。晃一に読んで欲しくて買った本も見せた。クリスティーン・ブライデンという認知症の当事者が書いた本だ。「認知症と診断されてから、二十年以上も普通の暮らしをしているんだって。読んでみて」

私がそう話しても、晃一は全く興味を示さず、「要らない」と一言つぶやいた。「認知症になると新しいことへの興味が薄れる」とある記事に書いていた。やはり認知症が進んでいるのか。会社ではどうなんだろうか？　少し不安になって聞いてみた。

「体調どう？　仕事は大丈夫？」

「あぁ」

「会社にも伝えないとね」

「まだいいよ」

「でも、ずっとこのままだと――。それに、朱音と穂花にも――」

「二人に話すってのか？」

「だって、これからいろいろ協力してもらわないと。二人の協力がないと私だって」

「父親が認知症だって、いじめられたという記事を読んだ。朱音と穂花の人生を終わりにさせてまで、俺は生きていたくない」

そう言うと、晃一は頭から布団を被ってしまった。私は何も返せなかった。「二年後には寝たきり」という記事もあった。そうなると娘二人にも介護をさせることになるのだろうか……。でも、遅かれ早かれその時期はやってくる。であれば、早い段階で覚悟をしてもらった方がいい。

いや、でもまだ、私一人で何とかなる間は、隠し通した方がいいのかもしれない。

不幸な情報は先延ばしにするべきなのか……。いくら考えても結論は出なかった。

翌朝、朱音と穂花が学校に行ったあと、キッチンで洗い物をしていると晃一がスーツ姿で二階から下りてきた。今日は会社の定休日だ。どこに行くつもりなのだろう。玄関で靴を履こうとしている。

「パパ、どこ行くの？」

「会社に決まってるだろ」

「え？　今日は会社、定休日だよ」

晃一は一瞬躊躇したが、気を取り直したように言った。

「そんなはずない。行かないと」

「ほんとだって。だから戻ろうよ」

私がそう言うと、急に俯き大きなため息をついてがっくりと肩を落とした。

「そうかー。分かった。俺、もう会社クビになったんだ……」

「え？　違うって。本当に今日は休みで」

「そんなことも忘れてしまって……。もう俺は、用なしってことか……」

「いやいや、そうじゃないって。カレンダー見て。休みって書いてあるから」

晃一は我に返ったように顔を上げた。私の声が耳に入っていないようだった。

「でも、とにかく行ってくる！」

「いや、ダメだから」

「俺は行く！　行くんだ！」

最後は大声で叫びながら、シューズボックスの上の車のキーを取った。

〈車はダメ！〉私は咄嗟《とっさ》に晃一の手からそれを取り上げた。晃一は今まで見たことがないような物凄い形相《ぎょうそう》で私を睨《にら》みつけた。

「何だよ！　仕事だけじゃなくて、車も取り上げるのか！　この前まで運転してたじゃないか！」

怒りに駆られ、怒鳴り声を出していた。私は怖くて、動けなくなった。こんなに怒りを露わにする晃一の姿を初めて見た。それでも私は勇気を出して言った。

「何かあったら心配だから――」

「何かあったら、何かあったらって！」

さらに激しく怒鳴った。そして、シューズボックスの上に置かれたランプを見て、吐き捨てるように言った。

「どうせ、俺も徘徊するって思ってるんだろ。迷惑なら、いつでも離婚してやるから」

そう言うと、乱暴に靴を脱いで二階に向かっていった。

「馬鹿なこと言わないでよ」

泣きそうになりながらあとを追いかけたが、書斎に入り中から鍵をかけられた。

「パパ、パパ」と何度も声をかけたが、何の反応もなかった。

リビングに下りたあと、一気に疲れを感じてソファに座り込んだ。あんなに大声を出して取り乱す晃一は見たことがなかった。初めて恐怖を感じた。これも認知症の症状なのか。この先、本当にどうなるのか？　認知症になると暴力的になると聞いたことがある。晃一もそうなるのだろうか……。私や娘たちにも暴力を振るうのだろうか……。

自分でも驚いていた。怒りの感情を抑えることが出来なかった。「認知症」が進行しているということなのか。

〈いつでも離婚してやるから〉と言った時の真央の驚いた表情が、今でもまだ目に焼き付いている。あんなに声を荒らげてしまったのは初めてだ。真央はショックを受けているのではないだろうか……。認知症が進んだと思われただろうか……。

最近、自分でも感情が不安定になっていると感じることが多い。このまま進行していくと、暴力を振るったりするのだろうか。娘たちにも……。そんなことになるなら死んだ方がマシだ。

最近、薬の影響もあるのか頭が疲れることが多い。「進行を遅らせるための薬」として処方されている抗認知症薬は、服用当初は副作用が酷かった。下痢や吐き気が続き、頭がぼーっとしてベッドから起きられないこともあった。今でも薬の影響なのか、起きているのか夢を見ているのか、分からなくなることもある。ただ、それよりも、今後のことを考えると、恐ろしくて不安で精神的におかしくなりそうだった。

お昼に部屋の扉の向こうから「ご飯どうする？」という真央の声が聞こえてきたが返事をしなかった。どんな顔をすれば良いか分からない。「寝てるの？」とも聞かれたが、それにも反応せずにいたら何も言わず下に下りていったようだった。

気づくと夕方になっていた。スマホの着信音が鳴り、見てみると真央からのメッセージだった。

『ちょっと散歩しない？』

真央も傷ついているのに気遣ってくれている。ダメな男だ……。このままではダメだ。二人ともダメになってしまう。もっと感情をコントロール出来るようにならなければ。

机の引き出しから油性ペンを取り出した。左手の掌に『怒らない』と書く。これで忘れないはずだ。

「落ち着け。僕は怒らない。僕は怒らない……」

その文字を見ながら自分に言い聞かせるように何度もつぶやく。その手をしっかりと握りしめ、部屋を出た。

二人で総合公園を歩いた。謝るきっかけがなく無言で歩いていた。平日の夕方ということもあってか、人はまばらだ。途中で犬の散歩をしている隣の家の女性とすれ違った。

「仲良し夫婦ですね」

冷やかされて、「いえいえ」と軽く挨拶をした。また二人になったタイミングで、僕の方から切り出した。

「さっきはごめん」

「私こそ、ごめんなさい」

互いのこの一言で元に戻った。十年以上、夫婦なんだ。小さな喧嘩は何度も繰り返してきた。その度に問題を解決して仲直りしてきた。

ただ、その後の会話では、喧嘩の原因である認知症について一度も触れなかった。避けていることを互いが分かっていた。娘たちの他愛のない話を続けながら歩いた。帰りにスーパーの前を通りかかった時、お土産にアイスクリームを買って帰ろうと思った。

「ちょっと寄ってもいい？」

聞くと、真央がすかさず答えた。

「何が欲しいの？　私が買ってくるよ」

また、子ども扱いか……。感情がまた少しずつ乱れていく。握りしめた左手の拳を見る。僕は怒らない、怒らない……。

「あ、やっぱ、一人で行ってきたら？」

僕の気持ちを察したのか、真央が意外なことを言った。

「いいの？」

「うん。私、先に帰って晩ご飯の準備しなきゃだし。でもこれから雨降るらしいから早めに帰ってきてね」

真央は軽く手を振り、家の方に向かっていった。少し嬉しくなって、スーパーに入ろうとすると、駐車場に停められた「佐山酒店」と書かれた軽トラックが目に入ってきた。トラックの後ろには、ちょうど荷物を積み込み終えそうな佐山がいた。スーパーに入るのを諦め、佐山に見つからないように歩く方向を変える。

「お！　こーいち！」

後ろから佐山の声がした。聞こえないふりをして早足で歩くが、追いかけてくる気配がする。先日の市役所の駐車場とは違い、距離が近い。あっという間に追いつかれて、肩を叩かれた。

「おい！　こーいちって！」

諦め、足を止めて振り返った。

「あ、あぁ、久しぶり」

「久しぶりじゃねぇって。この前も市役所で見かけて追いかけたんだぞ。お前、全然気づかねえし」

「あ、そうなんだ」

僕は〈気づかなかった〉という前提で答えた。

「全く。LINEしても既読スルーだしさ」

「ごめん、ちょっと仕事が忙しかったから」

「あ、そっか。なら、しょうがねぇけどさー。で、次のサッカー、来るよな？」

「え？　あ、あぁ」

「みんなちょっと心配してたんだぞ。絶対来いよ」

「あ、うん」

「しかし、サッカーのあとのビール、あれ最高だよなー。ほら、うち、酒は売るほどあるけどよ。家でも仕事でも嫁さんと一緒だろ。だから、外で飲みたいわけよ。だから、酔いまくって――」

「じゃあ、俺、急ぐから帰るわ」

饒舌《じょうぜつ》になっていく佐山の言葉を遮った。佐山は驚いていたが、その場から逃げるように背を向け離れた。

自分はやがて、この幼馴染の親友のことすら忘れてしまうのだろうか……。部活や友人たちとの楽しかった思い出も、全て消えてしまう。僕の病気のことを知れば、「この年齢で認知症か――」と、皆は哀れみ、僕から離れていくだろう……。そんなの恥ずかしくて、辛くて耐えられない。認知症のことを知られてしまうくらいなら、皆の前から永遠に姿を消した方がマシだ。背中に佐山の視線を感じながら、ただ黙々と歩いた。

気がつくと見知らぬ交差点にいた。

「ここはどこだ……」

全く見覚えのない場所だった。道に迷ってしまったのか？　周りの建物を見回しても分からない。そこにあるファミリーレストランもガソリンスタンドも見覚えがなかった。僕はどこから来たのだ？　いや、今まで何をしていたのだろうか？　家はどっちにあるんだ？　スマホも持っていない。どうすればいい？　周りの見知らぬ誰かに頼るしかないというのか……。情けなくて恥ずかしいが、交差点の信号待ちの人に聞いてみることにした。

「あの、ここはどこですか？」

中年のサラリーマンは「はぁ？」と馬鹿にしたように言い、軽蔑した目で僕を睨みつけた。

その隣にいた若い女性は、「すみません」と声をかけただけで逃げるように去っていった。その様子を見ていた周りの人たちは、僕から一斉に距離を置いた。誰も目を合わせてくれない。訝《いぶか》しげな視線を送ってくる人もいた。

信号が青に変わった途端、皆が早足で横断歩道を渡っていく。正面から早足で歩いてきた男の肩が僕の肩にぶつかる。よろける僕に、「ちっ」と舌打ちをする。信号がまた赤になる。僕は動けず、その場に呆然《ぼうぜん》と立ち尽くしていた。

「いったい、ここはどこなんだ……」

遠くで雷が鳴り始めていた。

只野真央

夕食が出来上がったタイミングで、穂花が塾から帰ってきた。壁の時計を見ると、十九時を指していた。〈あれ、もうこんな時間……〉帰宅後、洗濯物を取り込んで畳んだり、掃除や夕食の準備をしていたら、あっという間に時間が経っていた。リビングに来た穂花が私に言ってきた。

「あれ？ パパ、今日休みじゃなかったっけ？」

「ん？ どっかにいない？」

「二階にもいなかったよ」

「え？」

玄関を確認した。晃一のサンダルがない。もしかしてスーパーから帰ってきていないのか。あれからもう二時間以上は経っている。スマホで晃一に電話をしてみる。鳴っているが出ない。

不安になり、スーパーまで行ってみることにした。玄関で靴を履いたタイミングで、今度は朱音が扉を開けて帰ってきた。

「ただいま。あれ？　ママ、どこに行くの？」

「パパが帰ってきてないの。スーパーで別れてから」

「はぁ？　そんなのそのうち帰ってくるでしょ。スマホは？」

「かけたんだけど」

もう一度スマホで電話をすると、穂花がリビングからやってきた。

「ママ、パパのスマホ置きっぱなしだよ」

穂花の手の中で晃一のスマホが着信で震えている。画面には『ママ』と表示されている。やはり晃一に何かあったんだ。いや違う。家に帰って来られないのかもしれない。『認知症で行方不明』と書かれたあのネットの記事を思い出す。早く捜さなきゃ。シューズボックスの上のランプが目に入る。こんなに早くこれを使うことになるとは、想像もしていなかった……。私はそれを手に取り、朱音の横をすり抜け家を飛び出した。

「ママ、雨降るから傘！」

後ろから朱音の声が聞こえたが、戻らなかった。雨どころじゃない。晃一は家に帰れないのだ。外はもうすっかり夜になっていた。

スーパーへは、走って五分ほどで着いた。店内には晃一はいなかった。さすがに二時間もここにはいないはずだ。

スーパーから出ると、雨がポツポツ降り始めていた。朱音の言った通り、傘を持ってくれば良かった。雨に濡れながらまた走った。

晃一がよく行く書店もコンビニエンスストアも覗いてみた。しかし、晃一はいない。駅に向かおうとしたのかと思い、バス停にも行ってみた。そもそも財布を持っていたのかどうかも分からない。やはりどこにもいない。少しずつ強くなっていく雨を感じながら、警察に相談すべきかと考え始めていた……。

どれだけ走っただろうか。気がつくと総合公園の入り口に立っていた。今日の夕方、二人で散歩して仲直りした公園だ。入り口から公園の奥に延びる歩道には誰も見えなかった。

雨は、本格的に降り始めていた。その雨の影響で、歩道の両脇の街灯はいつもより薄暗く感じる。持っていたランプの電源を入れたが、懐中電灯のように先を照らすことが出来ない。手元だけを照らす、心許ない小さな灯りだった。やはり懐中電灯にすれば良かったのかもしれない。それでもそのランプを持った手を前に伸ばし、その灯りを頼りに公園の中を進んだ。雨は更に激しくなった。

「パパ！　パパ！」

大きな声で呼んだ。その声に反応するものはいない。それでもその小さな灯りだけを頼りに前に進んでいった。

「パパ！　パパ！」

大声で叫んでも雨の音にかき消されてしまう。そもそも、この大きな公園の中を一人で捜すのは無理だ。晃一がここにいるという保証もないのだ。やはり警察を頼るしかないというのだろうか……。諦めかけた時、丘の手前にある大きな木の下に、うずくまっている人影が見えた。

「パパ？」

近づいていくと見慣れた服が見えてきた。晃一だ。膝を抱え、下を向いたまま動かない。木陰で雨を避けているつもりかもしれないが、全身は既にびしょ濡れだ。

「パパ！　どうしちゃったの？　ここで何してるのよ。心配したじゃない」

溜まっていた不安を一気に吐き出した。晃一は下を向いたまま、ぽつりと答えた。

「家に帰れないんだ」

〈家に帰れない……〉やはりそうなのだ。恐れていたことが起きていたのだ。

「誰も助けてくれない。ここがどこなのか？　何をしていたのか、全部分からないんだよ」

晃一は私に抱きつくと、声を出して子どものように泣き始めた。また、見たことがない晃一がそこにはいた。

〈家に帰れない……〉私はその現実を受け入れることが出来なかった。会社への通勤はどうするのか？　家から一人で出ることも出来なくなるのか？　徘徊が始まるのか……。

もう無理だ。自分だけで支えることは出来ない。晃一はやはり病気なのだ。『認知症』なのだ。私は今までその現実を受け入れず、目を逸《そ》らしてきただけなのだ。口癖のようになっていた「大丈夫」という言葉は、もう出てこなかった。「一緒に帰ろう」と、ただ背中を抱きしめた。晃一の体は雨で冷え切っていた。

一層強く降り始めた雨は、私たちを絶望の底へと落としていくようだった。

晃一を家に連れて帰ると、朱音と穂花が心配して待っていた。

ずぶ濡れの二人を見て、驚いて穂花が聞いてきた。

「どうしたの？」

「パパ、途中で調子悪くなっちゃったんだって」

「大丈夫？」

晃一は「うん。ごめんな」と頷き、お風呂に向かった。穂花は上手く誤魔化せたようだが、朱音は黙って怪訝《けげん》そうにこちらを見ていた。

その日の夜遅く、私が一階で一人になるのを待っていたかのように、朱音が静かに下りてきた。

「ママとパパ、喧嘩したの？」

やはり異変を察していたようだ。私は笑って答えた。

「違う違う。ほんとにパパ、帰る途中で体調崩して動けなかったみたいなのよ」

「じゃあ、何で病院行かないの？」

朱音の言う通りだ。

「あぁ、パパがもう大丈夫だって言うからさ」

また笑って答えると、真剣な表情で聞いてきた。

「この前の検査で何かあったんでしょ？」

「え？　ないよ。何それ」

私はさも驚いたという顔を作って、更に笑いながら明るく答えた。

「ほんとに？」

朱音は心配そうにして聞いてきたが、「ない、ないー」と笑って答える私の言葉に安心したようだった。

「なんだ。よかった。じゃあ寝るね」

朱音はそう言って二階に上がっていった。何とか誤魔化せたようだった。


その夜中、何かの物音でベッドから起きた。

隣を見ると晃一がいない。寝室を出ると、やはりその物音に気づいた朱音と穂花が部屋から出てきた。二人とも心配そうな顔をしている。物音は一階からだ。階段の上から下を覗き込む。いや、物音というか、何か獣の唸《うな》るような声だ。何かを食べ漁《あさ》っているような。嫌な予感がした。恐る恐る階段を下りる。リビングもキッチンも照明は消えていて、真っ暗だ。ただ、冷蔵庫を見ると扉が半分こちら側に開いていた。扉の周りから冷蔵庫の灯りが漏れている。扉の向こうに誰かがいる……。冷蔵庫の中のものを食べ漁っているのだ。間違いない、晃一だ。後ろを見ると朱音と穂花が立っている。「ダメ！　見ちゃダメ！」しかし、恐ろしくて声が出せない。扉の向こうの晃一が立ち上がろうとしていた——。

ここで目が覚めた。心臓が激しく鼓動していた。リアルで嫌な夢だった。やはり、家に帰れなかった晃一を見て、想像以上にショックを受けているのだろう。隣の晃一のいつもと変わらない寝顔を見ながら、私は不安で押しつぶされそうになっていた。

次の日の朝、晃一は何もなかったかのように出勤していった。昨日のことも忘れてしまったのだろうか。いや、覚えていたとしても、何事もなかったようにするしかないだろう。昨日のように、もし会社から帰れなくなったら、と考えると不安になったが、だからと言って「出社するな」とは言えなかった。先日のように、また激昂《げきこう》するかもしれない。

二日後、出勤する晃一を見送ったあと、車で晃一の実家に向かった。一人で義父母に会いにいくのは何年ぶりだろうか。

晃一が家に帰れなかった夜の次の日、義母にメールで晃一の病気のことを正直に伝えた。晃一からは「親には絶対内緒にしておいてくれ」と言われていたが、もう一人で抱えることは出来なかった。とにかく話を聞いて欲しい。今後のことも相談する必要がある。義母から「会って話をしたいから、来れない？」と返信が来ていた。

義父母には、結婚した当時からずっと可愛がってもらってきた。

晃一は男二人の兄弟で兄がいる。その兄より先に結婚したので、当時は「初めて娘が出来た」と二人揃って喜んでくれた。

私が若い頃は、義母は何度も洋服をプレゼントしてくれた。自分が買い物に行くと、気づくと私のものを選んでいるようだった。義父母の家に遊びに行くと、「これ、真央ちゃんに。可愛いと思って」と言って、洋服を渡された。朱音が生まれたあと、私へのプレゼントはなくなってしまったが、今でも可愛がってもらっていると感じている。晃一は実家に帰ると義父母に全く気を遣わない。畳の上でゴロゴロしながらテレビを見ていることが多い。そのため、二人の話し相手になるのは、私の方だ。義母は、義父への愚痴から親戚の近況まで、笑いを交えながら話し続ける。私は、そんなおしゃべりな義母の話を聞くことは、嫌ではなかった。

晃一の実家に着くと、いつものように義父母が玄関の外で待ってくれていた。ただ、この日の二人は、急に年老いたように見えた。明らかに疲れた表情をしている。

「よく来てくれたね」

義父がそう言うと、義母は頷いて扉を開け、私を家の中に誘導してくれた。いつもと違って、その足取りは重く見えた。

ダイニングのテーブルの正面に、義父母は並んで座った。すぐにこの日初めて義母が口を開いた。

「真央ちゃん、言ってくれて、ありがとね。ずっと一人で受け止めて、辛かったでしょ」

私は、義母の優しい言葉に、涙がこぼれそうになった。ただ、私を見る義母は、やはり少し老けたようだった。目の下の窪みが深くなったように見える。寝不足なのか。いや、痩《や》せたのかもしれない。自分の息子が認知症になったと聞いて、心配で食事も喉を通らないのだろうか。義父は、ずっと申し訳なさそうな顔をしていた。

「いえいえ。辛いのは晃一さんの方ですから」

私が答えると、義父母は何度も頷いた。

「朱音ちゃんと穂花ちゃんには言ったの?」

義母の言葉に、私は首を振った。義母が続けて聞いた。

「病院は? 何もしてくれないの?」

「薬で進行を遅らせることしか出来ないようです」

私が伝えると、義母は「何で、晃一が――。まだ三十代なのに」と涙を浮かべながら言った。それは、私が医師から初めて「認知症」という診断結果を伝えられた時と、全く同じ言葉だった。静かな沈黙が流れた。

義母は、義父と目を合わせた。

「それでね。お父さんとも話し合ったんだけど。よかったら、晃一はうちで介護しようかと思うの。あそこにベッドを置いてね」

義母は、隣の和室を指さして言った。日常的には使われておらず、いつもは取り込んだ洗濯物や雑多な荷物や箱が置かれていたような部屋だ。今日は、綺麗に整頓されて、何一つ畳の上に置かれていなかった。

私は驚いた。その発想は全くなかったからだ。そんなことを相談に来たんじゃない。とにかく、今日は話を聞いて欲しかっただけだ。私が驚いて何も言えずにいると、今後は義父が重ねるように続けた。

「真央ちゃん、本当にすまなかった。うちの息子がこんなことになって。ご迷惑をかけて申し訳ない」

そう言うと深々と頭を下げた。義母も一緒に頭を下げている。

「そんな、やめてください。そんなつもりでお父さんたちにお話ししたんじゃありませんから」

私は恐縮して、否定した。義母は真剣な表情で言った。

「でも、晃一をここで介護する件、ちゃんと考えておいて。あの子は私がお腹を痛めて産んだ息子ですから」

これは本気だ。私はその迫力に圧倒された。母親が息子の責任は自分で取ると、覚悟を決めているのだ。私がまた何も言えなくなっていると、義父は話を変えるかのように言った。

「あ、それから、実は私の友人が数年前に認知症になってね。今、こんな活動に参加しているらしいんだけど、晃一も行ってみないかな」

義父が、テーブルの上に置かれていた封筒からチラシを取り出した。

そこには「認知症本人ミーティングの案内」と書かれていた。

只野晃一

「そうか、認知症か――」

人事部の栗林課長は目を逸らし、独り言のようにつぶやいた。

今日、出勤早々、「お伝えしたいことがある」とメールで伝えたら、すぐに時間と会議室を確保してくれた。二人だけの部屋で、「若年性アルツハイマー型認知症」と診断されたことを伝えると、栗林課長の表情は一気に曇った。

「やっぱりな。あ、いや、そういう意味じゃなくて」

「すみません。これから迷惑をかけることもあるかと思いますが」

「あ、そうだね。いやでも、もっと楽な部署に異動した方がいいかもしれない」

「いや、でも、まだ大丈夫です」

「いや、営業はお客様が相手だからさ。早い方がいいな」

栗林課長は有無を言わせない雰囲気だった。何かを思いついたように席を立ち、

「後でまた連絡するから」と部屋から慌てて出ていった。

栗林課長のあの言い方では、早々に異動になるだろう。長年の営業のキャリアも終わりか。でも、仕方ない。自分の家にすら帰れなかったのだ。

あの日、自分がどこにいるのか、全く分からなかった。それまで何をしていたのかも覚えていなかった。真央が見つけてくれなければ、僕はどうなっていたのだろうか。行方不明になって、永遠に家族と会えなくなっていた可能性だってある。

この先、何が起こるか分からない。もう隠し通せない。周りに迷惑をかけてまで、この会社にいていいのだろうか……。僕は一人残された会議室で、しばらく動けずにいた。

夕方、顧客先から営業部のフロアに戻ってくると、栗林課長が待っていた。その周りには同じ部署の社員たちが集まっている。僕に気づくと、全員が集まってきた。

「只野、聞いたよ。これからは俺らでフォローするからさ」

齊藤が深刻な表情で声をかけてきた。その隣に立っている尚子が鼻を啜《すす》り出した。

「只野さん、私、何も知らなくて、すみません……」

涙を流し、ハンカチで拭いている。

「おいおい、死ぬわけじゃないから」

主任の中村が笑いながら突っ込んだが、凍りついた周りの雰囲気に気づき、「いや、そういう意味じゃなくて」と慌てた。後輩の沢口が言った。

「担当のお客様は、宮下さんと僕で引き継ぐことになりました」

宮下を見ると、険しい表情でこちらを見ていた。沢口が続けた。

「あ、でも心配なさらないでください。しっかり引き継ぎますので」

僕は「あぁ、悪いな」と少し頭を下げた。更に泣き始めた尚子を中村が窘《たしな》めた。

「だから泣くなって」

「でも、認知症だなんて」

周りは何も言い出せない様子で、ただ下を向いていた。僕を哀れんでいることは分かった。そりゃそうだ。同僚が認知症って聞かされたら、自分でも同じリアクションをするだろう。その雰囲気を変えようと、中村主任が笑いながら言った。

「只野、大丈夫だよ。俺だって、忘れっぽいしさ」

「僕も同じようなもんですよ」

沢口が続いた。彼らはやはり、何も分かっていない。忘れっぽいのと認知症は全く違うのだ。忘れっぽくても病院には行かないだろう。簡単には言わないで欲しい。認知症だと診断された気持ちは、彼らには全く分からないのだ。湧き上がってくる怒りの感情を、グッと堪えた。無理やり笑顔を作り、「そうですね」と笑って答えた。

中村主任が手を叩きながら皆に声をかけた。

「大丈夫。さぁ、ほら、仕事仕事」

皆がそれぞれデスクに戻っていった。宮下だけが最後まで何も言わず僕の方を見ていたが、やがて自分のデスクに戻った。宮下はどう思っているのだろうか。お客様を引き継ぐことになって売上は上がるだろう。ただ、喜んではいないはずだ。いいライバルとして、一番仲の良い同期として、一緒にここまで頑張ってきたんだ。

でもそれもこれで終わりだ。虚《むな》しさを感じながら自分のデスクにつくと、栗林課長がやってきた。

「来週のイベントが終わり次第、お客様を二人に引き継いでもらえるかな。引き継ぎが終わったら、当面は山崎さんを手伝って。営業はもういいからね」

「はい」

「残業もしなくていいからね」

栗林課長は僕の肩を優しく叩き、部屋から出ていった。顧客を引き継ぐということは、今までの財産がゼロになるということだ。こんな簡単に営業としてのキャリアが終わってしまうのか……。今までの苦労を考えると、大きなため息が出た。

「あの、只野さん」

隣に尚子が立っていた。

「よかったら、明日は私と宛名貼りをしませんか」

「うん」

尚子からは、大量のDM用のシールと封筒を手渡された。封筒の表面には、『ワッツ東都 サンクス・フェスティバルのお知らせ』と書かれている。来週末に開催される顧客向け販促イベントの最終案内のDMだ。こんな作業が自分の仕事になるのか。そう考えると、気が滅入った。周りで働く同僚たちは、変わらず営業電話をしたり、PCに入力している。いつもと変わらない風景なはずなのに、やけに生き生きとしているように見える。

でも——。自分もまだ出来る。もう少し営業をしていたい。自分のことを頼りにしてくれているお客様もいる。やはり、こんな簡単に営業の仕事に終止符を打ちたくない……。

トップ営業マンとして、周りの同僚たちを今まで引っ張ってきた。会社に大きく貢献してきたはずだ。もう少し今の仕事を続けさせて欲しい。この気持ちを正直に栗林課長に伝えよう。

そう決めたら、体はもう動いていた。

エレベーターを降りて、人事部のフロアに向かう。入る直前、開いた扉の向こうから島崎社長の驚いたような声が聞こえてきた。

「認知症？」

「はい。若年性だそうです」

僕はその場から動けなくなった。栗林課長が島崎社長に報告をしているようだった。

「すぐに営業から外しました。現場にヒアリングしたところ、既にお客様に迷惑をかけているようでした。お客様からのご依頼やアポイントまで忘れることが何度もあったようです。同僚たちの顔や名前も時々忘れてしまうようで、皆も『何かおかしい』とかなり前から感じていたようです。部署も異動させますが、認知症ですので遅かれ早かれ退職になるかと」

栗林課長の話は続いた。島崎社長は黙って聞いているようだった。

「営業の補充はすぐに始めます。それにしてもあの歳で認知症だなんて、可哀想ですね。子どもも二人いるのに、大変だぁ」

栗林課長は他人事のような言い方をした。そして、僕を哀れんでいた。僕はやはり可哀想な人間なのか……。

ついに島崎社長にも伝わってしまった。トップ営業マンとして、今まで何度も表彰してもらった。その度に「次も期待しているよ」と言ってくれた。もう社長から期待されない人間になってしまったのだ。島崎社長は、お客様を何よりも大事にしている。そのお客様に迷惑をかけている僕を、きっともう許さない。二度とお客様の前に出ることはないだろう。

それに、同僚たちは既に不信感を抱いていたのだ。バレていないと僕だけが考えていた。これ以上、周りに迷惑をかけることは出来ない。それに彼らのあの変な気遣いにも耐えられない。皆が僕を哀れんでいるのだ。もうこの会社に自分の居場所はないのだ。

只野真央

今朝、晃一から「病気のことを会社に伝えた」と聞かされた。

あの夜、家に帰れなかったことが、よほどショックだったのだろうか。以前は「会社に伝える必要はない」と言っていたのに、もう隠し切れないと考えたのだろうか。

「そっか、みんな驚いたでしょう」

私がそう言うと、晃一は「フッ」と一度鼻で笑った。そして苦笑いの表情を浮かべて、投げやりに言った。

「俺の顧客は全部、宮下と後輩に引き継げ、だって。もうお客の前に出るな、何もしなくていいから、そこに座ってろってさ」

「それはみんなパパのことを心配して……」

「まぁ仕方ないよ。どうせ俺、認知症だし」

晃一は苦しそうに笑った。その後は、私が何を聞いても、最低限のことしか答えてくれなかった。下を向いたまま黙って出勤していった。

あの夜以来、晃一は更に口数が減った。というか、必要最低限の会話しかしなくなった。お腹の調子が悪いのか、慌ててトイレに駆け込む回数も増えた。トイレから出てこない晃一が心配になり、「大丈夫?」と何度も声をかけたこともある。でも、その度に「うん」と小さな声が返ってくるだけだった。会社の中ではどうやって過ごしているのだろうか。

晃一の話では、来週開催される「サンクス・フェスティバル」が終わり次第、お客様を全て引き継ぐことになったようだ。

「サンクス・フェスティバル」は、ワッツ東都で年に一度開催される最大の販促イベントだ。社内のショールームや駐車場にヨーヨー釣り、金魚すくい、スーパーボールすくい、射的などのアトラクションと、綿菓子やたこ焼きなどのフードのコーナーが夏祭りのように設置される。新規客だけでなく、既存顧客とその家族、また地域住民、社員の家族まで招待するイベントだ。晃一ら社員たちは、お揃いの法被《はっぴ》で出迎え、各コーナーを担当して来客をもてなすのだ。朱音と穂花が小学校低学年の頃まで、私たちも毎年三人で参加していた。

そしてこのイベントは、晃一の晴れの舞台でもあった。

晃一は担当しているお客様の数が誰よりも多い。その多くがイベントに参加していたので、この日はもっとも忙しい社員になる。また、ほとんどが家族を連れて参加していた。晃一はお客様のことはもちろん、連れてくる子どもや奥様のことまで完璧に覚えていた。「いよいよ、来年、中学生ですね」とか、「ピアノは上達されましたか?」とか、それぞれに合わせて会話するのでお客様は嬉しそうだった。皆、自分の家族を紹介しようと、様々な場所から晃一を呼び出した。そのため、晃一は一つのコーナーだけに留まることが出来ず、敷地内を走り回っていた。

またこのイベントは売上アップの機会でもあった。車の買い替えやメンテナンスなどをその場で受注するのだ。晃一は毎年、その日の売上においてもトップだった。私は参加する度に、笑顔で生き生きと走り回っている晃一の姿を見てきた。

でも、今はもう、あの時の晃一ではない。生き生きとした姿も笑顔もなくなってしまった。晃一は、この日、どうやって過ごすのだろうか。お客様はまだ晃一の病気のことを知らないはずだ。当日、やってきたお客様にどう接するのだろうか。いや、晃一の方がお客様のことを覚えていない可能性だってある。晃一の不安を考えると、苦しくなってくる……。

そこに玄関のチャイムが鳴った。

壁のモニターを見ると、隣の家の美幸が映っている。

「真央ちゃん、おはよう」

「おはよう。ん？」

「あれ？　今日九時からＰＴＡ……」

そうだ、完全に忘れていた——。今日は、朱音の中学校のＰＴＡの分科会だった。

「ごめん！　すっかり忘れてた！　すぐ用意するから先に行ってて！」

「はーい」

大失敗だった。晃一の病気のことに気を取られ、大事な予定を完全に忘れていたのだ。学校の予定を忘れるなんて、こんなことは今まで一度もなかった。これでは晃一と同じではないか——。私は慌てて出かける準備をした。ただ、やはり家を出るまで少し時間がかかってしまった。

朱音の中学校は、自宅から歩いて十五分ほどのところにある。急いで歩いたが数分ほど遅刻してしまった。既に分科会は始まっているのだろうか。会場である家庭科室の扉を恐る恐る開けると、中には十人ほどの保護者がいた。

「遅れてすみません」

部屋に入ると美幸が手招きしてくれた。私は、美幸の隣の席に座った。まだ分科会は始まっていないようだ。皆、それぞれ談笑している。いつもの和気藹々《あいあい》とした雰囲気で安心した。

「只野さん、遅刻なんて珍しいですね」

分科会のリーダーが冷やかしてきた。私は恐縮しながら答えた。

「完全に時間忘れちゃっていました。すみません」

別の保護者も次々と突っ込んできた。

「あれ？　只野さん、ボケちゃった？」

「えぇー？　やだ、もう認知症？」

皆が一斉に笑ったが、私は「認知症」という言葉に凍りついてしまった。周りは「やだー」「まだ早い早い」と口々に言って笑っている。なんとか笑顔を作っていたが、心の中では大きなショックを受けていた。

彼女たちには全く悪気はない。何気なく使っているのだ。いや、私自身も晃一が認知症でなければ、同じことを言っていた可能性もある。少なくとも、一緒になって笑っていたはずだ。

晃一は会社や外で同じような経験をしているのだろうか。そう考えると、また胸が苦しくなってきた。リーダーの仕切りで分科会は既に始まっていたが、その内容はほとんど頭に入ってこなかった。

只野晃一

まもなく「サンクス・フェスティバル」が開催される。

この年に一度の大型販促イベントを、去年までは毎年楽しみにしていた。多くのお客様たちと直接会える。少し疎遠になっているお客様もこのイベントには参加してくれた。皆、子どもたちや奥様を連れてきてくれた。毎年、子どもたちの成長を見るのが楽しかった。会場では皆、次々と僕に声をかけてくれる。この日は一日中走り回って、くたくたに疲れてしまうことになる。それでも僕にとっては一番楽しい日だった。

でも今は、そのイベントが近づくほど気が重くなる。僕のお客様はその日を最後に、宮下と後輩に引き継がれてしまう。もちろん、その寂しさもあった。ただ、イベント当日も不安なのだ。手元にある参加者名簿を見ても、全く覚えがない時がある。まさに今日がそうだ。イベント当日、今日のようにお客様の顔が分からなければどうなるのだ？　皆、僕に声をかけてくるはずだ。僕はどう対応すればいいのだ。

それに体調も不安だった。最近は頻繁に腹痛がする。会社でも家でも、急にトイレに駆け込むことが多くなった。でも、そのトイレの記憶がなくなることもあった。トイレに駆け込んでも、さっき行ったような気もして更に不安になった。不安が常に頭から離れず、人と話す気持ちにもなれない。自分でも情緒不安定になっている気がする。自律神経がおかしくなってしまったのだろうか。それとも完全な鬱状態に入ったのだろうか。


今日はイベントの当日だというのに、体調も精神状態も最悪だった。

朝から頭が痛く、吐き気も少しする。妙な不安感に押しつぶされそうになりながらなんとか会社に向かった。

出勤早々、自分のデスクで参加者名簿を確認する。僕が担当しているお客様は数十人が参加予定になっていたが、誰一人として思い出せなかった。その見知らぬお客様たちに次々と声をかけられたらどうすればいいのだろうか……。想像するだけで怖くなり、お腹の奥の方に痛みを感じた。

「大丈夫か？」

振り返ると法被姿の宮下が心配そうにしていた。

「顔が真っ青だぞ。休んだ方がいいんじゃないか？」

「あぁ」

「大丈夫」

僕はなんとか平静を装って答えた。「開場十分前です！　準備お願いします！」という誰かの声がした。いよいよ始まる。お腹の奥の痛みが更に増し始めた。僕は法被を着て、会場であるショールームに向かう。宮下は僕の顔色を気にしながらついてきていた。

一階のショールームに着くと、既にガラスの向こうにはお客様たちが並んでいた。その姿が見えた途端、動悸《どうき》が激しくなり、急に怖くなった。お腹の奥の痛みが限界に達して、トイレに早足で向かう。宮下がこちらを見ていたが、もう気にしている余裕はなかった。

トイレに着くと、手洗い場の鏡に映っている自分の姿が目に入った。宮下が言った通り、顔が真っ青だ。派手なブルーの法被がその違和感を際立たせている。唇は濃い紫色になり、少し震えていた。脂汗もかいている。目は虚《うつ》ろで、頬がこけていた。これは誰なんだ。これではまるで死に損ないの病人だ。僕はどうしたんだ？　どうなってしまうんだ？　動悸が更に激しくなった。

ふと、両太ももの内側に生温かい感触がした。その感触はゆっくりと足元に降りていく。全ての痛みが消えたように感じた。

僕は――失禁していた。


二週間後、出勤と同時に人事部に行き、僕は退職届を提出した。上司には事前に口頭で伝えていた。

「あぁ……」

栗林課長は少し驚き、あいまいに頷きながら受け取った。予想以上に退職届の提出が早かったのだろうか。少し戸惑っていたようだった。退職日は、社内規程や有休消化を考慮して、三ヶ月後ということになった。

その日の午後、デスクワークをしていると、「ちょっと、いいか」と宮下に声をかけられた。話は、僕の退職の件だろう。あっという間に伝わったようだ。僕は宮下に誘われるまま、会議室に入った。

僕があの日、会社のトイレで失禁した時、助けてくれたのは宮下だった。

異変に気づいた宮下がトイレで僕を見つけてくれた。僕は情けなくて悲しくて、鏡の前で呆然と立ち尽くしていた。宮下は全てを察して、「大丈夫。大丈夫」と言って、僕を洋式トイレの便座に座らせた。そして、「ここで、ちょっと待ってて」と扉を閉めて出ていった。

十分くらい経つと宮下が戻ってきて、扉の向こうで「大丈夫か？」と聞いてきた。僕が扉を開けると、何かが入った白いビニール袋を黙って渡してきた。その中には、コンビニで販売している下着や大量のタオルとペットボトルの水が入っていた。恐らく全力で走って買ってきてくれたのだろう。宮下は肩を上下に揺らし、大きく息を切らしていた。

僕は洋式トイレの中で、ペットボトルの水でタオルを濡らし、両足とズボンを拭いた。その間、宮下は手洗い場の前の汚れた床をモップで拭き、僕のジャケットと通勤用の鞄を社内に取りに行ってくれた。

着替えが終わり、宮下の誘導で会社の裏口から出ると、外にタクシーが待っていた。宮下は僕を乗せると、「今日は休め」と一言だけ言った。僕はタクシーが動き出しても現実を受け入れることが出来ず、ただただ呆然としていた。

　幸い他の同僚たちには誰にも会わなかった。皆、イベント対応で忙しかったからだ。宮下は誰にも伝えなかったようだから、このことを知っているのは、僕と宮下だけだった。

「何で辞めるんだよ」

　会議室の扉が閉まると同時に、宮下が言った。その顔は少し怒った表情をしている。

「いいんだよ。もう」

「人事部に何か言われたのか？」

「違うよ。自分で決めたんだ」

「なんでだよ？　これからどうするんだよ？」

「まだ決めてない」

「決めてないって――」

　宮下は呆れたように言った。分かっている。心配してくれているのだ。でも、誰も僕の気持ちは分からない。長年関係を築いてきたお客様を奪われ、営業から外された。認知症が進めば、仕事どころじゃなくなる。宮下の顔も分からなくなるのだ。もうここは僕の居場所じゃない。それに、僕は自分に絶望したのだ。会社で失禁なんて、前代未聞だろう。また同じことを繰り返す可能性もある。僕はあの日から不安で、大人用のオムツをはいているのだ。こんなことは誰にも言えない。

「真央ちゃんは？　真央ちゃんは何て言ってるんだ？」

真央には一切相談していなかった。退職届を出したことも、まだ伝えていない。伝えれば、驚き、不安になるだろう。ただ、宮下がこのことを知れば、真央に連絡して面倒くさいことになるはずだった。

「仕方ないね、って言ってくれた」

僕は嘘をついた。

「なんで――」

小さな声が聞こえた。宮下は最後の砦《とりで》を失ったかのように、がっくりと肩を落とした。今にも泣き出しそうな顔をしている。こんな弱気な宮下を見たのは初めてだった。

「お客さんのフォロー、頼むからな」

僕はそう言って、宮下を残して会議室を出た。

退職日までは、出来るだけ有給休暇を使うつもりだ。出勤する度に、周りからあの哀れみの視線を浴びるのは避けたい。失業手当を申請する必要もある。退職までの三ヶ月間かけて、今後どうするかを考えるつもりだ。

とはいえ、自分は認知症だ。一般企業への転職はもう難しいだろう。障がい者枠などになるだろうか。ただ、症状が進行すれば、やっと見つけた就職先でも仕事を続けることは出来なくなるのだろうか……。


退職届を出した夜、寝室で真央と二人きりになった。どう退職のことを切り出そうか迷っていたら、真央の方から話しかけてきた。

「パパ、これ、今度行ってみない？」

手には『認知症本人ミーティングの案内』と書かれたチラシを持っている。

「同じ認知症の人が集まっているみたいだし」

続いた真央の言葉に不快になり、投げやりに返した。

「認知症は認知症同士でいればいいってこと？」

真央は驚いて「ごめん。そんなつもりじゃ——」と詫びた。最近の真央は、僕に気を遣い、常に顔色をうかがうようになっていた。僕はこのタイミングだと思った。

「会社、辞めてきた」

「え?」

「もう出した、退職届」

「え……」

「会社のお荷物にはなりたくないから」

真央は絶句していた。それはそうだろう。これからどうするのだ。こんな大事なことを、事前に相談しなかったのだ。そのことにもショックを受けているはずだ。今までになかった。何をするにも二人で相談して決めてきた。でも仕方ない。もうあの会社には居場所がない。それに自分の体ですら、自分でコントロール出来ないのだ。もう決めたんだ。

「失業保険、申請しておくから」

そう言っても、真央は言葉を失ったまま、驚いた表情で固まっていた。「ママ!」一階から朱音の呼ぶ声が聞こえた。真央は、動揺を隠せない状態で部屋から出ていった。

僕は一人になり、真央が置いていったチラシを何気なく手に取った。

只野真央

認知症本人ミーティングの会場は、市役所にある会議室の一室だった。

ロビーで「第二十回　本人ミーティング　三階・第四会議室　十三時〜十四時三十分」と書かれた誘導看板を見つけて振り返ると、相変わらず気が進んでいない様子の晃一が立っていた。

晃一をここに連れてくるのは一苦労だった。最近の晃一は、何を勧めても「やりたくない」と言うことが多かった。今日も家を出るまで、「行きたくない」「意味がない」と何度も繰り返していた。退職届を出してからは、有給休暇を消化して、出勤もしていない。外出もせずに部屋にパジャマのまま閉じこもっていた。娘たちへは、「在宅勤務が増えた」と説明して、なんとか誤魔化していた。

しかし、「退職届を出した」と聞いた時は本当に驚いた。私に何も相談がなかったからだ。こんなことは結婚以来、初めてだ。「認知症で会社に迷惑をかけているから」と晃一は言った。でも、本当はクビにならない限り、どんなことがあっても会社に残って欲しかった。退職後の収入はどうするのか？　しばらくは失業保険で何とかなるとしても、その先はどうなるのか？　晃一が何を考えているのか、考えていないのか、もう何も分からなくなっていた。

義父から教えてもらった「認知症本人ミーティング」は、義父の住む地域で活動していたので、自分たちの市にもあるのではないかと検索したらすぐに出てきた。どうやら認知症の本人自らが主催している、認知症本人が集まるミーティングらしい。ただ、「認知症本人が主催」といっても、その実態は形だけだと容易に想像出来た。認知症本人に出来ることは限られているだろう。きっと場所を貸している役所が、実際は運営しているに違いない。

何をするのかは、全く想像出来なかった。お茶とお菓子でおしゃべりをするとか、何か体操とかレクリエーションをするのだろうか。お年寄りが集まるデイサービスのような可能性もある。それでも何かの刺激になればと思い、気の進まない晃一をなんとか連れてきた。

「会場、三階みたいよ」

私が明るく言っても、晃一はいかにも面倒だという風にため息をついた。

三階にある会議室を覗くと、会議テーブルがロの字型に並べられていた。中に、二十人ほどがいる。七十代が中心だが、四、五十代も数名いるようだ。テーブルの後ろの壁沿いにもいくつか椅子が並べられていた。そこにも十人ほどが座っていた。皆、移動したり、立ったまま談笑している。なるほど、「本人ミーティング」という名前だが、やはり家族も同席しているのだ。いや、圧倒的に家族の方が多い。さすがに認知症本人だけでは無理なのだ。

後ろを振り返ると、晃一も訝しそうに部屋の中を覗いていた。中央のテーブルで手元の資料を読んでいた五十代後半らしき女性がこちらに気づいた。軽く会釈をして、笑顔で近づいてきた。

「只野晃一さんですね？」

私が代わりに答える。

「あ、はい。そうです」

「進行役の藤本和子です」

「只野真央です。主人の晃一です。今日はよろしくお願いします」

「晃一さん、よろしくお願いします！」

和子は晃一の握手を求めて、大袈裟に右手を差し出した。晃一は戸惑いつつ応じていた。和子のその手の指には、品のあるベージュのネイルが塗られていた。クリーム色のジャケットと中の白シャツとのバランスは清潔感に溢れ、いかにも司会者という感じだ。少し茶色に染められた髪は綺麗にまとめられ、メイクも派手すぎず、とても好感が持てた。

私はちゃんと進行役がいたことに安心し、和子に言った。

「認知症ご本人の集まりといっても、やっぱり皆さん、ご家族と一緒なんですね。安心しました」

「いえいえ、こちらにいらっしゃる方はほとんどが、認知症ご本人ですよ。私も含めて」

「え？」

私と晃一は同時に小さな声を出して、和子を見た。和子はニコニコと笑っている。改めて中の参加者たちを見渡す。一見、誰も認知症には見えない。驚いた。晃一も驚いていた。

「さぁ、どうぞ」

和子に誘導され、晃一と一緒に入ろうとしたが、「ここからはお任せください」と私だけが止められた。いや、晃一は認知症なのだ。一緒にいないと何かあったら困る。

「主人は認知症なので」

そう言いかけたが和子は遮った。

「大丈夫ですから」

その迫力に動けなくなった。

和子は晃一と部屋に入ると、ゆっくりと扉を閉めた。扉の上部はガラス窓になっており、部屋の中を見ることが出来る。和子に促されてテーブルに座る晃一の姿を見ながら、やはり不安は消えなかった。晃一の視界に入らない位置に立ち、扉の窓から中の様子を見ながら聞き耳を立てていた。

ミーティングは和子による本人ミーティングの活動報告から始まった。

和子の話では、認知症本人たちの声を集めて、市に様々な提言をしているらしい。その提言を受け入れて、市が施策を検討していること、また、同じような取り組みをしている自治体が全国に増えていると語っていた。今後は国に対しても提言していくという。そのためのグループを全国都道府県を跨《また》いで作るという。

しかし、認知症の本人にそんなことが可能なのだろうか。にわかに信じられなかった。晃一の様子を見た。その横顔しか見えないが、首や体を頻繁に動かしている。明らかにつまらなそうだ。貧乏ゆすりをして、イライラしていることが伝わってきた。

活動報告が終わると、和子の仕切りで参加者の近況報告が始まる。

最初に立ち上がり話を始めたのは、七十代の女性だった。

「住原治子《すみはらはるこ》といいます。七十二歳です」

治子は、先月、福岡県で開催された認知症関連のシンポジウムで認知症本人として壇上に上がり、一人で講演したという。七十代の認知症の本人が、大きな会場で大勢の人の前で話をしたのだ。しかも、福岡まで一人で飛行機に乗っていったのだという。

「空港ターミナルを間違えて大変でしたよ。なんとかなりましたけどね」

そう言うと、治子はあっけらかんと笑っていた。また、娘さんが内緒で会場に参加していたらしく、講演が終わったあとは、サプライズで花束を渡し、「自慢の母です」と言ってくれたという。

「一生の思い出が出来ました。認知症になった当初は、想像も出来ませんでした」

治子はそう言って、涙ぐんでいた。認知症になっても、こんな風に行動出来る人もいるのか。しかも、彼女は七十代だ。私は少し感動していた。晃一はどう思っているのだろうか。晃一の方を見た。視線を落とし、何かを考えているようだがその反応は分からなかった。

和子が続いて言った。

「加藤さん、久しぶりに近況報告どうですか？」

「あ、分かりました」

六十前後の男性が立ち上がった。紺のジャケットを着て、髪の多くは白髪になっているが、きっちりと整えられている。笑顔が穏やかで、初老のサラリーマンという感じだ。

「ええ、初めましての方、加藤と申します。よろしくお願いします。この会に参加して、五年？　いや、六年、ま、どっちでもいいか」

加藤が屈託のない笑顔で笑うと、会場も少し笑いに包まれた。晃一を見ると、上を見上げて腕を組み大きなため息をついていた。やはり、つまらないのだろうか……。

「仕事は、奥山製造の営業をしています」

その一言で、晃一は驚いたように加藤の方を見た。

「ずっと、トップ営業マンだったんです。毎年表彰されて、会社からご褒美に旅行をプレゼントしてもらったり——。でも、認知症になっちゃって。お客様の名前や顔が覚えられなくって、迷惑をかけたり、上司に叱られたりして。だから、いろいろ工夫をしました」

加藤はテーブルの上に置いていたノートを取り上げて、話を続けた。

「自分用のノートを作って、忘れないようになんでもメモしたり。そうしているうちに周囲もいろいろ理解してくれて、おかげで今も営業として働けています。何とか定年まで勤めることが出来そうです。今、休日はボランティアとして認知症の方々の相談にも乗っています」

晃一を見ると、真剣な表情で加藤を見ていた。

「もちろん、以前通りには行きませんが……。まぁ、休み休み、そんな感じですかね」

加藤は最後にまた屈託のない笑顔を見せて、話を終えた。晃一はまだ興味深そうに加藤を見ていた。その様子を見ていた和子が言った。

「只野さん、どうですか？　少しお話ししてみませんか？」

晃一は驚き、「とんでもない」という風に頭を振った。

「何でもいいんですよ。今、思っていることで」

隣の男性にも「何でもいいんだよ」と促された。皆が拍手をした。晃一は少し戸惑いながら立ち上がる。

「只野晃一と申します。三十九歳です」

晃一はゆっくりと話し始めた。

「五年くらい前から物忘れが酷くなって、数ヶ月前に病院で検査を受けたら、若年性アルツハイマー型認知症だと診断されました。正直もう、毎日が不安だらけで、これからのことを考えると怖くて怖くて、頭がおかしくなりそうです。でも妻や同僚たちの支えで何とか頑張れています。特に、妻には、本当に感謝しています。妻がいないと今頃どうなっていたか……」

晃一の声を聴きながら、嬉しくて涙が溢れてきた。やはり、自分の気持ちは晃一にちゃんと伝わっていたのだ。

「でも、でも、私だって出来ることがある。まだまだたくさんある！　認知症と診断された日から、家族も世界も全て変わりました。僕は、ずっと僕のままなのに……。みんな優しくしてくれるけど……。でも、みんな、心配してそうしてくれているから何も言えなくて……。だから、仕事も辞めるしかなくて……。何より、妻にはとにかく、迷惑をかけたくないから……」

晃一は泣いていた。私は呆然となった。晃一の気持ちを何も理解していなかったのだ。認知症になったから、「何も出来ない」と決めつけていた。そのことでずっと晃一を傷つけていたのだ。晃一は心配している私を気遣い、何も言えなかったのだ。今までの晃一とのやりとりを思い出しながら、私はその全てを間違えていたことに気づいた。

「ダメだ。こんな話をしても意味がない……」

晃一は我に返り、吐き捨てるようにそう言って座り、また下を向いてしまった。和子が晃一に言った。

「只野さん、その気持ち、奥様に伝えてみませんか?」

晃一が和子を見た。

「私も、ここにいる皆も、初めは只野さんと一緒だったんです。出来ることを取り上げられて、病人として扱われても、周りに気を遣って何も言えなかったんです。『困った時だけ助けて欲しい』って言えなかったんです。周りに、私たち自身の気持ちを伝える勇気も、必要なんです。伝えてみませんか？　その気持ち」

晃一は和子から視線を外した。心はまだ揺れているようだった。

全部間違えていた——。私が今まで良かれと思ってやってきたことは、全て裏目に出ていたのだ。あの料理も、あの本も、靴に書いた名前も、コーヒーを取り上げたことも……。全部間違えていた。彼からいろんなものを取り上げていたのに、気を遣って私に何も言えなかったのだ。晃一のことは、自分が一番分かっていると勝手に思い込んでいた。認知症のことも、晃一のことも全く理解出来ていなかった。認知症と診断されたあの日から、ずっと彼を傷つけ、苦しめ続けてきたのだ。

〈ごめんなさい……〉

晃一の抱えてきた悲しみを想像すると、涙が止まらなかった。

その後、二人の認知症本人の近況報告が続き、一時間ほどで本人ミーティングは終了した。

扉の外で待っていると、次々と参加者たちが出てきた。家族が迎えにきていた参加者もいたが、その多くは一人で帰っていった。ただ、参加者の流れが終わっても、晃一が出てこない。会場の中を覗くと、晃一は加藤と二人でテーブルに並んで座っていた。何だか楽しそうに話をしている。加藤のノートを見ながら、いろいろ質問しているようだ。「なるほど」と加藤の説明に何度も相槌《あいづち》を打ったり、二人で大笑いしている。あんなに楽しそうな表情をする晃一を見るのは、本当に久しぶりだ。こちらまで嬉しくなってくる……。

「意気投合したみたいですね」

和子が会場から出てきて、話しかけてきた。私は軽く頭を下げた。

「それに楽しそう」

「主人は営業で、人と話すのが大好きで……。なのに、私、いつの間にか一方的に何も出来ないみたいに決めつけてしまって……」

「分かります。それは心配ですから。家族としては当然です。でも、家族の中で、お互いがお互いを気遣うことで、負の連鎖が起きてしまうこともあるんです」

負の連鎖……、まさに今の私と晃一の状態だった。

「私、これからどうしたらいいでしょう？」

「大丈夫！　認知症になっても、人生終わりじゃありませんから」

「終わりじゃない――」

「はい！」

和子は笑顔で大きく頷き、「では」と軽く会釈をして去っていった。

私はハッとした。和子も認知症の本人なのだ。福岡で講演したという七十代のあの治子も、目の前で晃一と話をしている加藤も、今日参加していた人たちも。

今まで自分が想像していた認知症の本人のイメージとは、大きく違っていた。そして、晃一の本当の気持ちも……。私はやはり何も分かっていなかった。勝手に認知症の人のイメージを作り上げていた。このままではだめだ。考え方を変えなければならない。

私自身に、認知症に対する偏見があったのだ……。

しばらくすると、晃一と加藤が一緒に会場から出てきた。晃一は、扉の外で待っていた私を見て、加藤に紹介してくれた。

「妻です」

「あぁ、奥さんですか。すみません、つい話し込んじゃって」

加藤はまた、あの屈託のない笑顔を見せた。

「いえいえ、主人がこんなに楽しそうにしている姿を見るの久しぶりで」

私が答えると、「あぁ、良かった」と加藤はまた笑った。そして、何かを思い出したように言った。

「あ、そうだ。お二人とも、週末とか空いてませんか?」

晃一と顔を見合わせて、「あ、はい」と答えた。

只野晃一

真央から「認知症の本人が集まるミーティングがある」と聞いた時、馬鹿にされているのかと怒りを覚えた。デイサービスのように老人が集まり、体操とか塗り絵をしているか、認知症同士が傷の舐《な》め合いをしている場所だろうと想像していた。全く気が進まなかったが、真央が事前にいろいろ調べていたことを知っていたので一度は付き合うことにした。

ところが会場に着いて、驚いた。参加している人たちや進行役の藤本和子という女性まで、ほとんどが認知症の本人だった。年齢層も幅広く、四、五十代から七十代までいた。皆、認知症と診断されてから、何年も経っているという。最初は信じられなかった。

住原治子という七十代の女性は、一人で福岡まで飛行機で行き、大勢の人の前で講演したという。

「空港ターミナルを間違えて大変だった」

そう言って笑っていた。今の僕だったら、「また失敗した――」と落ち込み、「もう二度と飛行機には乗りたくない」と考えるだろう。認知症が更に進行したのかと不安にもなるはずだ。あの明るさはどこから来るのだろうか……。

「なんとかなりましたけどね」

治子はそう言っていた。彼女は、失敗を恐れていないのだ。

失敗してもいいじゃないか、そんなの大した問題じゃない――。

彼女はそう言っているのだ。確かにそうだ。今まで僕は、失敗する度に落ち込み、それらを嘆いてきた。そして、その原因は全て「認知症だから」と考え、不安な思いを重ねてきた。失敗することが怖くて、何も出来なくなっていた。

でも、よく考えてみると、僕の失敗なんて生きていく上で大したことじゃない。それに、認知症と診断されるもっと前から、いろんな失敗をしてきたじゃないか。

加藤の話も衝撃的だった。

認知症と診断されて、五年以上は経っていると言っていた。しかも、会社では営業を続けているという。今は五十七歳で、定年まで勤めるつもりだと言った。ネットで見た、「若年性認知症は、二年で寝たきりになる」というあの記事は何だったのか。

「認知症だから、覚えていることは出来ないけど、忘れてもいいように工夫することは出来るでしょ」

加藤はそう言って、ノートを見せてくれた。僕と同じように、最初はお客様の名前や顔を忘れたりして、上司に叱られたと言っていた。

ノートはいくつもあった。一つは、仕事のリストだ。そこには、毎日の仕事の流れや、やることが細かく書かれていた。リストの中には、メモがいくつも書き足されているものもあり、作業内容を補足していた。もう一つのノートは、毎日の行動リストだった。今日やるべきこと、明日やるべきことなどが箇条書きで書かれている。なるほど、これなら忘れても大丈夫だ。

「なんでも工夫すればいいんですよ」

加藤は何度もそう繰り返した。忘れてしまって嘆く時間があるくらいなら、忘れてもいいように工夫すればいいと。確かにそうだ。ノートでも、メモでも、カレンダーでもいい。スマホの機能を使ってもいいだろう。

加藤の話を聞きながら、「やれることがたくさんある」と気持ちが盛り上がるのを抑え切れなかった。それに、彼のあの明るさはなんだろう。よく笑って、よく話して、そしてまた笑う。でもそれは、認知症と診断される前の、僕自身の姿そのものではないのか……。僕はなんで変わってしまったのだろうか。

進行役の和子も今から六年前、四十五歳で認知症だと診断されたと言っていた。当時は看護師だった。朝食べたコーヒーゼリーを思い出せなくて、娘に助言されて受診したらしい。今も、生活のしにくさを抱えながらも、自立した生活を送っている。病気を周りに伝え、ありのままの自分を理解してもらい、支えてもらっているようだ。

「周りに、私たち自身の気持ちを伝える勇気も、必要なんです」

和子は僕にそう言った。

私たち自身の気持ち——。そうだ。僕自身が心を開いていなかったのだ。認知症と診断されたその日から、完全に心を閉ざしてしまったんだ。真央にも、宮下や同僚にも、佐山にも、そして僕自身にも……。

「認知症になったから恥ずかしい」

僕はそう思ってしまったのだ。今日会った人たちは、誰も隠していなかった。むしろ、堂々としていた。僕はようやく気づいた。

僕自身が、認知症に偏見を持っていたのだ……。

「認知症になったおかげで、新しい友人が出来て、新しい人生が始まった気がするよ」

加藤は最後にそう言っていた。治子は「認知症になった当初は、そんなこと想像も出来なかった」と言っていた。

今はまだ、加藤や和子、治子のような考え方が出来るかどうかは分からない。でも、いつかこんな風に生きたい……、僕は強くそう思った。

只野真央

その週末、私は晃一と湘南の砂浜に立っていた。

初夏の海の波は穏やかだった。ボードを跨いで波を待っているもの、パドリングをしているもの、小さな波に乗っているもの、その奥にはウィンドサーフィンをしているものの姿もあった。打ち寄せる波の音が心地よく感じた。

その中に、ウエットスーツの上からオレンジ色のTシャツを着た十名ほどのサーファーがいる。「ケアニンサーファーズ」という名のボランティア団体だ。加藤の話では、彼らは普段は介護職やケアマネジャーやリハビリ職などの仕事をしながら、月に一度ここに集まっているようだ。「ケアニン」とは、介護や医療など人のケアに関わる仕事をしている人のことをそう呼ぶそうだ。ボランティアスタッフの一人である、大森圭という人懐っこそうな二十代の男性が教えてくれた。圭も普段は介護職として働いているらしい。ここでは、認知症の当事者や障がいのある人、自閉症の子どもなどが参加し、圭たちボランティアスタッフが彼らにサーフィンを教えている。今も三組に分かれて、支えたサーフボードに彼らを乗せ、波のタイミングに合わせて押し出している。

その一組が加藤だった。加藤から、サーフィンは初心者だとは聞いていた。しかし、酷いもんだった。全くボードの上に立てず、何度も転倒して海に落ちている。その度に「おー！」とか「わー！」と大声を出していた。

でも、楽しそうだ。海に落ちても、波にのまれてもみくちゃにされても、ボランティアスタッフと一緒に笑っている。その中に、さっきの圭もいた。加藤が海に落ちる度に、お腹を抱えて笑っている。隣を見ると、晃一も苦笑いしながらその様子を見ていた。

もう一組は、足の不自由な十代の男の子だった。長女の朱音と同世代だ。先ほどまで座っていた車椅子が、テントの傍《そば》に置かれていた。その横では、男の子の母親が見守るように海を見ている。

ウエットスーツを着た男の子が、スタッフたちの協力で腹ばいでロングボードの上に乗る。四人のスタッフが沖まで連れていき、波のタイミングを待つ。波打ち際では二人が待機していた。

波が来る。スタッフがいっせいに、ボードをぐっと押し出す。男の子を乗せたボードは、波に押されて、ゆっくりと波打ち際まで流れていく。

おおー！　とスタッフたちの歓声が上がる。波打ち際のスタッフに受け止められると、男の子は母親に向かって白い歯を見せた。母親が大きく手を振る。男の子は、手を振り返し、「もう一回！」とスタッフに言った。

もう一組は、七十代ぐらいの白髪の男性だった。腹ばいに乗っているが、ボードにしがみついているようにも見えた。スタッフたちが波に乗せても、全く立ち上がろうとしていない。うつ伏せのままボードから落ちて、海に沈んでいる。その都度、スタッフが慌てて海の中から救い上げていた。男性は、またすぐにボードを摑むが、波が怖いのだろうか、その表情は険しいように見えた。少なくとも、加藤のように楽しんでいるようには見えなかった。晃一も気づいたようだ。

「あれ、本人楽しいのかな？」

「んー。そもそも、分かっているのかな？」

私がそう言うと、後ろから女性の声がした。

「分かっているのかどうかも、分からなくなって、もう殺してしまおうかと思いましたよ」

私と晃一は驚いて振り返った。すぐ後ろに、七十前後の女性が立っていた。陽焼けした肌に白いTシャツ、色落ちしたジーンズ、茶色の長い髪を後ろで一つに括《くく》っている。「海のそばで暮らす元サーファー」という感じのその女性は、少し険しい表情で海を見ていた。

「あの人を殺して、私も死んでしまおうって」

そう言うと、その女性は私たちの方を見て少し笑った。

私はその言葉にゾッとして、晃一と目を見合わせた。

女性は白髪の男性、飯塚清の妻で、さゆりという名前だった。

「元々、私たちはサーファーだったのよ」

さゆりはそう言った。飯塚が認知症になる前は、二人で地元の子どもたちへサーフインの指導をしていたらしい。ただ、認知症が進行していくと、飯塚は突然、怒ったり大声で喚《わめ》き出したりするようになった。力で止めようとすると、更にエスカレートした。目を離すとどこかに行ってしまおうとするので、部屋に閉じ込めた時期もあったようだ。

「人生、終わりだって思ったわ」

その頃に絶望して、「一緒に死ぬ」ということも考えたらしい。そんな時、「認知症の人と家族の会」から、この「ケアニンサーファーズ」を紹介してもらったようだ。もう二年半、毎月通っているらしい。

「認知症になるとね、感受性が豊かになるの。だから嫌な雰囲気だと物凄く嫌だと感じる。夫はずっと、その気持ちを必死に私に伝えようとしていただけ。意味なく喚いていたわけじゃなかった。ここに来て、やっと気づけた」

私は、海にいる飯塚に視線を戻した。相変わらずボードに立とうとせずに海に落ちているが、よく見ると口角が上がっている。飯塚は笑っているのだ。その姿を見ながら、さゆりは微笑んだ。

「嬉しいとか、楽しいとか、海が大好きだったこととか。夫はちゃんと分かっていた」

飯塚が、ボードを両手で摑もうとした。それは、波が怖くてしがみつこうとしているのではなかった。もう一度チャレンジしようとしているのだ。

「認知症になっても、あの人はあの人だったのよ」

海では、スタッフが押さえているボードに飯塚が乗ろうとしていた。

「認知症になったことで、私もあの人も、再スタートが出来たのかもしれない。諦めない人生のね」

さゆりは、私と晃一を見て笑った。晃一が聞いた。

「あのー。それって、僕たちにも出来るでしょうか？」

一瞬驚いた表情を浮かべたさゆりは、晃一の目を見て「大丈夫」と言った。

「だって、生きてるんだから」

さゆりはまた笑った。

そうだ、私たちは今、生きているんだ――。

私と晃一は大きく頷いた。同時に、海の方で歓声が上がった。歓声の方を見る。加藤が一瞬ボードに立てたようだ。

「立ったぞー！」

戻ってきた加藤と圭が波打ち際でぴょんぴょん飛び跳ねて喜んでいた。両手をこちらに向けてガッツポーズしている。スタッフも手を叩いて盛り上がっている。周りにいた一般のサーファーたちも手を叩いている。晃一は笑いながら、加藤たちに手を振っていた。太陽の光が海の水面に反射して、銀色にきらきらと輝いていた。私はその光景をずっと見ていた。

夕方、家に帰る前に晃一と砂浜を歩いた。波が更に穏やかになったせいか、サーファーの姿は少なくなっていた。サンダルを脱いで、裸足《はだし》で波打ち際を歩く。足元に絡んでくる波は少し冷たくなっていて、とても心地がよかった。ゆっくりと沈んでいく夕陽は、柔らかいオレンジ色に輝いている。

「来てよかったね」

歩きながらそう言うと、晃一は「うん」と一言で返した。さっきから何かを考えているようだ。思い切って聞いてみた。

「どうかしたの？」

晃一は立ち止まった。

「さっきからずっと考えてたんだ。俺は今、何を一番諦めたくないか」

黙って、その言葉の続きを待った。

「俺、仕事を続けたい。だから、退職の日まで、精一杯やってみるよ。悔いのないように」

いつもの晃一が戻ってきた。その表情にもう迷いはなかった。晃一は一歩踏み出したのだ。

「うん、いいと思う」

晃一の手を取り、両手でぎゅっと握った。晃一は笑顔で頷いた。晃一はもう大丈夫。あとは私だ。私も一歩踏み出すんだ。

湘南の海に行った翌朝、いつもより早く起きた。脳トレの本を紐《ひも》で縛って、リサイクルに出す準備をした。冷蔵庫のココナッツオイルも全部捨てた。アロエベラだけは観葉植物としてそのままにした。娘たちに見つからないよう押入れの奥に隠しておいた図書館の本も、早々に返却するつもりだ。元の普段通りの生活に戻す。

義父母にも今後のことを伝える必要があった。「息子は自分で介護する」とまで言った義母はどう思うだろうか。でも決めたんだ。生活は何も変えない。

義父母の家を一人で訪れ、認知症本人ミーティングに参加したことや出会った人のことを伝えた。そして、これからも変わらず、自分が晃一をサポートしていくと伝えた。

「本当に大丈夫？　無理してない？」

義母が心配そうに聞いてきた。私は、正直に自分の気持ちを伝えた。

「本当のところは、私が離れたくないんです。晃一さんとずっと一緒にいたいんです」

義母は一瞬驚いた表情をしたが、すぐに嬉しそうな顔になった。

「ありがとう。真央ちゃん。ほんとにありがとうね」

義母は涙ぐみながら続けて言った。

「でも、これからも何でも頼ってね。あなたも私たちの娘なんだから」

私は嬉しくて、胸がいっぱいになった。目を真っ赤にした義父も言った。

「あぁ、家族なんだから。ありがとうね。真央ちゃん」

「はい！　ありがとうございます！」

私は、深く頭を下げた。晃一も私も、義父母に愛されている。やっぱり家族なんだ。

私は泣きそうになりながら、それを実感していた。

只野晃一

今日から、有休消化をやめて出勤することにした。

退職日まで悔いのないように精一杯働く。そう決めた。十七年間もお世話になった会社だ。感謝の気持ちを忘れず、残された時間で恩返しをしようと思う。

それにしても、この一週間で多くのことを学んだ。

これからは、失敗しても笑っていよう。仕方ない、僕は認知症なんだ。これからたくさん失敗するだろう。でも失敗しても、命までは取られない。一番ダメなのは、失敗を恐れて何も出来なくなることだ。今までも恥ずかしくなるような失敗は、いっぱいしてきた。でも、今となれば全ていい思い出だ。これからするであろう失敗も、その未来にはきっといい思い出になる。

これからは、工夫しよう。覚えておくための工夫ではなく、忘れてもいいように工夫しよう。そのためには何でも活用する。特に、スマホを活用しよう。ノートを書こう。それで失敗したとしても、また工夫すればいい。

そしてこれからは、認知症であることを受け入れる。認知症は恥ずかしいことではない。言いたいことがあれば全部言葉にしよう。困ったことがあれば、出来るだけ周りに助けを求めよう。認知症だと伝えることで、何か協力してもらえるかもしれない。正直、まだ少し抵抗があるが、僕自身が勇気を出す必要があるのだ。


出勤する朝、リビングに向かうと真央がキッチンから顔を出して言った。

「パパ、コーヒー淹れてくれる？　ちょっと手が離せなくて」

晩ご飯の仕込みに忙しいようだが、ちょっと驚いた。コーヒーを頼まれるのは久しぶりだ。僕は「いいの？」と聞いた。

「最高に美味しいのをお願い。ついでにトーストも。私の分もね」

嬉しくなって、トーストとコーヒーの準備を始めた。冷蔵庫のココナッツオイルを捜したが見当たらない。真央に確認すると、「バターで食べよう」と返ってきた。懐かしい味を思い出し、朝から食欲が高まる。そういえば、キッチンの床に置いてあったアロエベラの鉢は、いつの間にかリビングのテレビの横に置かれていた。

僕がコーヒーを淹れると、「ありがとね」と真央がテーブルに座った。

「あー、美味しい」

真央がコーヒーを飲みながら言う。少し心配していたが、今回は上手く行ったようだ。僕は、トースターの前でパンが焼き上がるのを待っていた。真央が不思議そうに聞いてきた。

「こっちでコーヒー飲まないの？」

「離れると、焼いてたこと忘れちゃうからさ」

僕は、笑って答えた。

「そっか」笑いながら真央が答えた。チンとトースターが鳴る。僕がトーストを皿に載せてテーブルに持っていく。それを見た真央が嬉しそうに言った。

「いい色！　美味しそうー」

出勤早々、僕の顧客の一部を引き継いでくれた後輩の沢口に、ノートをプレゼントした。ここ数日の空いた時間で、営業のポイントをまとめておいたものだ。新規客の営業開拓方法から既存顧客のフォローの仕方まで、思いつくことは全て書いておいた。

もちろん、後輩に頑張って欲しいという部分もある。でも、自分のお客様に迷惑をかけたくないという思いの方が強かった。沢口にはこのノートを活用してもらい、僕のお客様を大事にして欲しい。この十七年間の営業経験を整理するいい機会にもなったと思う。読み返したら同じような内容を書いていた部分もあったけど、まぁそれは認知症ということで勘弁してもらおう。

「只野さん、これすごいっすよ！　やばいっす」

沢口はノートを開きながら、そう言ってくれた。お世辞の可能性もあるかもしれないが、その嬉しそうな顔を見ていると、「作ってよかった」と改めて思った。

毎日、尚子とのアシスタント業務も積極的に手伝った。どんな地味な作業も嫌な顔をせずに引き受けた。コピーからシール貼り、社内やフロア間の書類の配送も引き受けた。名前と座席を忘れてしまっている可能性があったので、社内の座席表を自分で作っておいた。

先日、中村が「これ三階の人事部に持っていってくれる？」と尚子に依頼した時も、手が離せない彼女に代わって「僕が持っていきます」と手を挙げた。中村が不安そうにしていたので、自作の座席表を「じゃじゃーん！　全部、ここに書いてます！」と大袈裟に見せた。皆が戸惑っていることは分かっていたが、少しでも役に立てればそれでいい。

あれから同期の宮下とは、お客様の引き継ぎに関わること以外の話はしていない。心配しているのか、仕事中に時々視線を感じることがあった。何か言いたそうな顔をしている時もあった。僕はあえて気づかないふりをして、宮下を避けていた。

三階の人事部に資料を届ける途中のエレベーターの中で島崎社長とすれ違った。大きな声で「お疲れ様です！」と挨拶すると驚いた様子だった。退職のことは既に知っているはず。十七年間、お世話になった社長だ。退職日までに一度正式に挨拶に行きたいと思っている。

会社からの帰宅途中、また恐れていたことが起こった。

気づくと、自分がどこにいるのか分からなくなっていた。またこの感覚だ。焦りが高まり、心臓の鼓動が激しくなる。僕は、見知らぬ駅のロータリーにいた。周りを見渡しても見慣れない建物ばかりだ。ここはどこなんだ……。また、誰も助けてくれないのか。

落ち着け、落ち着け……。自分の胸に手を当てて、深く呼吸する。もしもの時のため、「若年性認知症本人です」というカードを作っていた。パスケースに入れて、短いストラップで鞄とつないでいる。慌ててカードを取り出す。

これを赤の他人に見せるとどうなるだろうか……。気持ち悪がられ、逃げ出されるだろうか……。想像すると恐ろしい。ただ、この勇気が必要なんだ。僕は、自分に言い聞かせるように、胸に手を当てていた。すると、異変に気づいたのか、近くを歩いていた女性が声をかけてくれた。

「どうかされましたか？」

僕は勇気を出して、伝えた。

「すみません。実は私、認知症で、ここがどこか分からなくなってしまって……」

四十代くらいで買い物袋を持っていたその女性は、一瞬驚いた様子だったが、差し出したカードを見て優しい顔になった。

「どこまで帰られるんですか？」

「それが分からないんです」

「どこから来られたんですか？」

「すみません。それも分からないんです」

「そうですか――。んー」

女性が考え込んだ顔をしていると、通りかかったスーツを着た若い会社員風の男性が立ち止まった。

「どうかされました？」

女性が代わりに答えてくれた。

「この方、認知症で帰る家が分からなくなったみたいで……」

「え？」

会社員がカードを手に取り、何気なく裏返した。

「あ、旭丘《あさひおか》行きみたいですね。ここに、ご自宅から会社までの通勤経路が書いてます」

「なるほど。でも、私、この辺に住んでなくて」

女性が申し訳なさそうに答えると、会社員が言った。

「あ、大丈夫ですよ。私がバス停までお連れしますよ」

「すみません」

僕と女性が同時に答えた。僕は、女性に頭を下げた。

「ありがとうございました」

「いいえ」

笑顔で女性は歩いていった。

会社員は、駅前のバスロータリーの中の一つのバス停まで誘導してくれた。そこには既に、二十代のＯＬらしき女性が並んでいた。

「このバス停ですよ」

そう言ってくれたが、僕は不安だった。このバス停も見覚えがないのだ。それを察してくれたのか、会社員は先に並んでいる女性に声をかけた。

「あの、すみません。どちらまで？」

女性は驚いて、「はい？」と聞き返した。会社員は慌てて、僕のカードを見せる。

すると怪訝そうな顔で聞いてきた。

「これって、ナンパですか――」

僕は会社員と顔を見合わせて、思わず苦笑いした。

「いいえ、彼、旭丘まで乗るんで、もしその近くまで乗られるようだったら、一声かけていただけないかなと」

「え？　いやだ、すみません！　早とちりしちゃって。私、その先まで乗るんで、声かけますよ」

「ありがとうございます」

会社員は僕と同じタイミングでお礼を言い、「では」と去っていった。僕は、去っていく会社員に何度も頭を下げた。

「次ですよ」

バスに乗っていると後ろの席に座っていた女性が声をかけてくれて、降車ボタンを押してくれた。バスを降りて、その女性に窓越しに頭を下げた。女性は小さく手を振ってくれた。外はすっかり夜になっていたが、周りを見ると見慣れた住宅街だった。もうすぐ家だ。安心して、大きく息を吐き、家に向かった。

只野真央

帰宅した晃一はやけに上機嫌だった。

ニコニコしている晃一に、「何か良いことあった？」と聞いた。

「たくさんあった。何か、世の中って素敵だなって」

晃一の嬉しそうな顔に、私まで嬉しくなった。何があったのか、全部聞いてみたいと思っていたら晃一が意外なことを言った。

「あ、俺のサッカーのウェア、どこにやったっけ？」

驚いた。佐山たちとの定例のサッカーも、そのあとの飲み会も、もう半年以上は参加していないはずだ。最近は、サッカー仲間の誰とも連絡をとってないようだった。その集まりに参加するというのだろうか……。

「明日のサッカー、久々に行ってみようかなって。でも、みんなの顔、忘れてたら、ドン引かれるかな」

恐らく、仲間たちの前で「自分は認知症だ」と話をするつもりだろう。また一歩、踏み出そうとしているのだ。

「大丈夫！　その時はその時、何とかなる！」

私は、明るく励ました。晃一は「そだね」と笑った。

夜、書斎を覗くと晃一が机の上で何かを書いていた。

ノートに行動記録をまとめているようだった。

「忘れないうちに、今日の行動と明日やることをリスト化しているんだよ。退職まで、出来るだけみんなに迷惑をかけないようにと思ってさ」

晃一が見せてくれたノートの表紙には『一ヶ月ノート』と書かれていた。机の上には他にも『仕事のやり方ノート』『忘れないリスト』と書かれたノートもある。認知症本人ミーティングで加藤が見せていたものを、晃一流にアレンジしたノートだった。

「リスト化しておけば、終わったものはチェックすれば、後で何が終わっていないか分かるからね」

私が「なるほどー」と頷くと、晃一は笑いながら言った。

「なーんて、チェックが入ってても、やった記憶が全くない時があるんだけどね」

晃一は会社でも動き始めているのだ。失敗を恐れず、人生を元に戻そうとしているのだ。

晃一の姿を見ながら、私は自分の次にやるべきことを決めていた。


翌日の夜、夕食の後片付けが終わったタイミングで、リビングでテレビを見ていた朱音と穂花に「ちょっと話したいことがある」と、声をかけた。晃一は、既にサッカーに出かけていた。テレビを消して、先にダイニングテーブルに座る。二人はテーブルの向こうに並んでついた。朱音は警戒しているのか、明らかに緊張している。穂花は「何？　何？」と興味深そうに私の言葉を待っていた。

「実はこの前、パパ、病院で検査したでしょ」

この一言で穂花の表情が凍りついた。朱音は、怒った表情で私を睨んでいる。私は、検査の結果、若年性アルツハイマー型認知症だと診断されたこと、その診断結果に間違いはないこと、そして根本的な治療法はまだないことを二人に伝えた。

「認知症……」

穂花が、消え入るような小さな声でつぶやくと、あっという間にその目から涙が溢れ始めた。下を向いて震えながら泣いている。朱音は怒っていた。

「だから！　なんか、おかしいと思ってたんだよ！」

その目にも涙を浮かべている。私は詫びた。

「ごめんね。すぐに言えなくて」

朱音は悔しそうに唇を噛《か》みしめた。今にも泣き出しそうなのを、必死に我慢している。穂花がすがるように小さな声で聞いてきた。

「ママ、認知症って、本当に治らないの？」

「薬で進行を遅らせることが出来るって先生が――」

「でも、治らないんでしょ！」

朱音が怒ったような声で、私の話を遮った。その勢いに何も言い返せなくなった。

恐る恐る穂花が聞いてきた。

「パパ、死んじゃうの？……」

「穂花、何でそんなこと言うのよ！」

朱音は穂花を強く叱ったあと、私を見てきた。穂花も不安な表情でその答えを待っていた。二人とも晃一がいなくなることが不安なのだ。私は首を振りながらきっぱりと伝えた。

「死なない」

二人とも緊張の糸が切れたかのように、同時に小さな息を吐き出した。

私は、晃一自身が認知症になって不安に思っていること。でも、自分の病気のことより、朱音と穂花のことを心配していること。自分のせいで二人に辛い思いをさせたくない、人生を不幸にさせたくないと思っていることを伝えた。二人の目からまた涙がこぼれ落ちた。

そうだ。いつだって晃一は、二人の娘を優先してきた。朱音が生まれた時も、穂花が生まれた時も、涙を流して喜んだ。「初めて自分の命より大事なものが出来た」と言った。二人が熱を出したり、病気になる度に、「俺が代わってあげたい」と言っていた。二人に何かあれば、体を張って助けるだろう。必要ならば、自分の命も差し出すだろう。

その晃一が、自分のことで大事な娘たちを不幸にするかもしれないと、不安になっているのだ。晃一の気持ちを想像するだけで、胸が締めつけられる。朱音が気を取り直したように、落ち着いて聞いてきた。

「ママ、私たちに、何が出来るのかな？」

穂花が思いついたように言った。

「私、パパのお世話、全部してあげる」

朱音と穂花は、自分たちの出来ることを探しているのだ。

「うん。でもちょっと違うの。ママも最初はそう思っていたの」

「自分で出来ることは自分でしてもらう」ということを伝えると、朱音が聞いてきた。

「困った時だけ助ければいいってこと？」

私は大きく頷き、それを晃一が強く望んでいることを伝えた。朱音は真剣な顔で、

「分かった」と言った。穂花はまだ、辛そうな表情をしている。

「穂花がそんなに悲しい顔をしてたら、パパが可哀想でしょ？」

私が言うと、穂花が頷いた。

「パパは可哀想なんかじゃない！」

朱音が何かを決心したかのように言った。私が「でしょ？」と言うと、二人は「うん！」と頷いた。その表情は少し笑っていた。

二人はその後、テレビを見ずに二階の部屋に上がっていった。幼い二人がどう受け入れたのか、分からなかった。晃一とどう接するのか？　何事もなかったかのようにすぐに受け入れることは出来ないだろう。今頃、二人で話をしているのだろう。その結果、また不安になるかもしれない。

でも、その時は今度は晃一も入れて四人で話をすればいい。朱音と穂花は大丈夫だ。これでよかったのだ。私たちは家族なんだ。全て受け入れて、みんなで支え合いながら乗り越えていく。

私は、自分の揺るがない気持ちを、改めて確かめていた。

只野晃一

久しぶりのサッカーは体力的にきつかった。

照明に照らされた夜のグラウンドの緑色の人工芝が、足にまとわりつくようだった。走れないだけじゃない。足元のボールも思うように定まらない。

トラップしても、判断が遅くてすぐに相手に取られる。やはり認知症の影響なのだろうか。周りは変わらず、皆、元気だ。特に佐山は生き生きと走り回っている。久しぶりに参加した僕に気を遣っているのか、必要以上にパスを出してきた。僕がパスミスやシュートを外す度に、「ええ！」と大袈裟な声を出して、「あり得ない！」と両手を広げて笑っている。やはり、以前より確実にミスが増えていた。周りもそれを感じているはずだ。

でも、誰も認知症のせいだとは思ってないだろう。今はまだなんとか体は動いている。ただ、いずれ動かなくなり、ここにも来られなくなる。仲間たちの顔も分からなくなる日がきっと来るのだ。「こーいち！」、また佐山の声がして、絶妙なパスが来る。ゴールが見えたのでダイレクトでシュートする。が、ボールは大きくクロスバーを越えていく。「何だよー！」、佐山が指を差して、またからかってくる。僕は「パスが悪いんだよ」といったそぶりで、笑いながら佐山を指さす。

やっぱり、ずっとここで皆と一緒にサッカーを続けたい――。

「認知症を受け入れて、前向きに生きていく」と決めたが、皆と会えなくなると考えると悲しい気分になった。

ゲームを終えたあと、皆、グラウンドに座り込んでいた。小さく肩で息をしながら汗を拭いているもの、ストレッチを始めているもの、談笑しているもの……。いつもの風景だ。

「今日、どうしちゃったの？　久しぶりで体力落ちちゃったんじゃない？」

仲間が冷やかしてきた。佐山が更に茶化すように加わった。

「らしくなかったねー。さすがのこーいちも、やっぱ、歳には勝てないってか？」

佐山が笑うと、皆もどっと笑った。僕は苦笑いで応えた。皆が認知症のことを知ったらどう言うだろう。幼馴染の佐山はどう思うだろう。でも、もう逃げることは止めたんだ。

「みんな、ちょっといいかな」

僕は少し大きな声で言った。皆が話を止めて静かになる。ストレッチしていたものも、動きを止めた。

「みんなに話しておきたいことがあるんだ」

皆は何事かと、僕に注目した。

「実は、俺、認知症なんだ」

その一言で、周りの音が消えたように静まり返った。

皆が驚いた表情でこちらを見ている。佐山は、一瞬驚いた表情を見せたが、すぐに険しい表情に変わった。僕は、総合病院で検査を受けた結果、そう診断されたこと。その結果に疑いがないことを伝えた。

周りは明らかに動揺している。俯くもの、目を逸らすもの、聞こえないようにヒソヒソと話し始めるもの。皆、さっきまでとは別人のようだ。

この空気感は覚えている。職場で認知症だということを皆が知った時と同じだ。音もなく引いていき、やがて腫れ物に触るように距離を置き始めるのだ。

その空気を破ったのは、佐山だった。

「俺さ、認知症のこと、よく分からないんだけどさ。だからって別に何も変わってないし、こーいちはこーいちだろ？　俺だって、よく忘れものするしさ。この前も息子の参観日を忘れて、嫁さんに怒られたしさ」

やはり、佐山も認知症のことを何も分かっていなかった。

「でも俺は、お前たちの顔を忘れちゃうかもしれないんだ」

僕がそう言うと、佐山は笑って言い返してきた。

「ばーか。お前が忘れても、俺たちが忘れねぇって」

皆もそれぞれ頷いている。やはり彼らは何も分かっていない。僕は少し苛立ちを覚えた。

「でも、帰り道だって分からなくなったりするんだよ！　ここにも来られないかもしれないんだ……」

少し強い口調になっていた。佐山も皆も黙り込んでしまった。また、この空気だ。

これ以上話をすれば、更に皆が離れていくだろう。

「まぁ、そういうことだ。さて、帰りますか」

僕は無理やり笑顔を作って、立ち上がった。

「解散！　解散！」

大きく手を叩き、下を向いている皆の横をすり抜け、グラウンドの出口に向かう。認知症になる前の只野晃一のままで、皆の記憶に留めておいて欲しい。もう、ここに来ることはないだろう。仕方ない、どんなに前を向いたって、自分は認知症なのだ……。

「なぁ、晃一。覚えているか？」

背後から、また佐山の声がした。その声はさっきと違って、真剣だった。僕は足を止めたが、振り返らなかった。

「ガキの頃、俺が親父と喧嘩して家出した時、お前、必死になって捜してくれたよな」

佐山の話は覚えていた。小学五年生の時、佐山が父親と大喧嘩をして家出した。「そちらにお邪魔していませんか？」と、晩ご飯の最中に佐山の母親から電話があり、家出のことを知った。僕は心配になり、ご飯をそのままにして自転車で自宅を飛び出した。

とにかく、佐山を捜し回った。小学校のグラウンド、いつもの公園、ゲームセンター、河川敷の広場、橋の下の秘密の場所、心当たりは全て回った。

「たーちゃん！ たーちゃん！」と何度大声を出しただろう。もう二度と佐山と会えなくなると想像すると悲しくて、泣きながら自転車を漕《こ》いで捜し続けた。

結局見つけられず、一旦佐山の家に行った。すると、そこに佐山がいた。佐山の家族と心配して集まった近所の人たちに囲まれて、何もなかったかのように笑っていた。

父親の話では、最寄りの駅の改札口の近くで座っていたところを警察に補導されたようだ。電車に乗って更に遠くに行こうとしたのか、誰かに見つけられるのを待っていたのか分からない。

佐山の母親だけが目を真っ赤にして泣いていた。佐山は僕を見るなり、「あれ？ こーいち？」と言った。

「なんでここにいるの？」というような不思議そうな顔をしていた。僕は、安心と疲れがどっと出て、その場で泣き出してしまった。佐山は、驚いた表情で僕をずっと見ていた……。

その時の話を佐山がしているのだ。

「晃一、今度はな、お前が迷ったら、俺が世界中捜しまくって絶対お前を見つけてやる」

　嬉しくて涙が溢れてきた。それでもまだ振り返ることが出来ず、僕は背中を向けたまま、「そんなこと、あったっけ?」と言った。

　後ろから、僕に言い聞かせるような佐山の優しい声がした。

「俺が覚えているんだよ」

　ゆっくりと振り返ると、その先には懐かしく、見慣れた、たーちゃんが立っていた。

「晃一、お前が忘れても、代わりに全部、俺が覚えてる」

　僕は溢れる涙を抑えることが出来なかった。

「晃一、俺たちがいるから、大丈夫だ。何も心配すんな。な?」

　佐山の言葉に反応し、「そうだ」「大丈夫だ!」と仲間たちが声を上げた。僕は、彼らに深々と頭を下げて言った。

「ありがとう。ほんと、ありがとう」

「あー、なんか辛気臭い!」

　誰かが声を上げ、持っていたペットボトルを振って、中の水を浴びせかけてきた。

周りも同じように「そうだそうだ！」と歓声を上げてペットボトルの水を浴びせかける。佐山が笑いながら頭の上から水を振りかけてきた。僕も自分のペットボトルでやり返す。涙と水でびしょ濡れになりながら、嬉しさを噛みしめていた。

最終出社日まで残り数週間となった。

日に日に寂しい気持ちが強まっていく。ノートやメモを使いこなすようになってから、同僚たちに迷惑をかけなくなった。周りも気遣ってくれているのか、普通に接してくれるようになった。認知症という事実以外、全て何も変わっていないように思える。それだけにこの会社を辞めるということは本当に寂しかった。

いつものように書類を届けるため別フロアに入ろうとした時、後ろから人事の栗林課長に声を掛けられた。

「居た居た。社長が呼んでいる」

どうやら、僕を捜して追いかけてきたようだ。島崎社長は外出や出張が多い。僕を呼んでいるということは、空いた時間に最後の言葉をくれるのだろう。ちょうどいい。お世話になった社長だ。辞める前にちゃんと挨拶をしたいと思っていた。急いで社長室に向かう。

社長室の前で少し身支度を整え、扉をノックした。

扉の向こうから、「はい。どうぞ」という島崎社長の声が聞こえる。軽く深呼吸して、扉を開けた。

島崎社長はデスクの向こう側に、いつものように座っていた。

手に持っていた書類をデスクの上に置いて言った。

「体調はどうだ?」

「はい。大丈夫です」

僕は覚悟を決めて、最後の挨拶を始めた。

「入社して、今まであっという間の十七年でした。社長をはじめ、皆さんには感謝してもし切れません。本当に今までありがとうございました」

島崎社長は黙って聞いていた。

「正直言えば、本当は皆と一緒にずっと働きたかったんです。でも、迷惑をかけたくないですし。それだけこの会社が好きだったんです」

島崎社長が急に立ち上がった。

「じゃあ、続ければいい」

　僕が驚いていると、続けて言った。

「これは、俺だけじゃない。皆の意見なんだ。皆、見ていたよ。いろいろ工夫して仕事をしているお前の姿を」

　僕は、胸が熱くなった。

「これからも出来ないことがあれば、工夫すればいい。困ったことがあれば、周りの誰かが支えればいいんだ。俺の仕事はその環境を作ることだと思ってる」

　ここに残ってもいい――。僕はその事実に感動し、涙が込み上げてきた。

「実はさ、俺の死んだお袋が、認知症だったんだ。受け入れることが出来なくて仕事に逃げて。今でも後悔してんだよ」

　島崎社長は、机の上の封筒に入れられた資料を取り出した。その表紙には、「企業向け認知症サポーター養成講座」と書かれていた。

「これ受けたら、こんなのもらったんだ。お洒落だろ」

　島崎社長は、左の手首にはめたオレンジ色のバンドを見せた。それは、認知症サポーター養成講座を受講すると渡されるリストバンドで、「認知症の人を応援します」

という意思を示す証《あかし》だ。

僕は感情を抑えられず、溢れる涙を止めることが出来なかった。

「ありがとうございます。本当にありがとうございます」

何度も何度も繰り返していた。


その後、島崎社長に連れられ営業部に戻った。宮下や齊藤、沢口ら皆が集まってきた。人事の栗林課長もいる。尚子が笑顔で言った。

「只野さん、おかえりなさい」

皆が一斉に言った。

「只野、おかえり」

「おかえりなさい」

僕が驚いていると、中村が言った。

「お、只野、これ見ろよ！」

中村が自分のスーツの袖を捲《まく》ると、手首にオレンジ色のバンドが見えた。皆が次々と、腕を上げてバンドを見せてきた。尚子と沢口が次々と言った。

「全員、お揃いです！」

「只野さん、俺たち研修受けてきたんで、バッチリです！」

宮下が近づいてきて言った。

「只野、俺たち、認知症のこと、何も分かっていなかったんだ。ごめんな」

宮下が頭を下げると、栗林課長が続いた。

「実はね、宮下くんたちが自分たち全員でフォローするから、只野くんを辞めさせないで欲しいって、社長に直談判に行ったんだよ」

僕が宮下を見ると、少し首を振って言った。

「でも、社長の方が先に決めていたんだよ」

なんて温かい人たちなんだろう。

「ほんと、みんな、ありがとう。ありがとうございます」

僕は何度も深く頭を下げた。

すると隣に立った男が「良かったな」と肩を叩いてきた。

でも、その顔に見覚えがなかった。考えているとその男が言った。

「ん？　どうした？」

僕は正直に言った。

「あの、すみません。どなたでしたっけ？」

その男が「え？」と言ったと同時に、周りが大爆笑となった。何が何だか分からなかった。尚子が笑いながら言った。

「社長ですよ。只野さん」

「え？」僕は、その男の首に下げられていた名刺ホルダーを見た。

『代表取締役　島崎隆裕』

やばい。顔に全く見覚えはないが、社長だ。慌てて「すみません！」と謝ったが、その男は大きく口を開けて笑っていた。周りも皆、笑っていた。

僕はその様子を見ながら、元の場所、自分が好きだった場所にやっと戻ってこられたと感じていた。これからも失敗はするだろう。でも、ここにいれば大丈夫だ。もう心配は要らないんだ。

只野真央

私たちの生活は、元に戻りつつあった。

二人の娘もあれから普段通りに過ごしている。晃一とのやりとりにはまだ戸惑いがあるかもしれないが、焦らなくていい。ゆっくりやればいい。

夜、食事をとったあと、二階で宿題をしている娘たちにデザートを持っていった。書斎の扉が開いていたので、帰りに入ってみたが晃一の姿はなかった。

机の上には、ノートが置かれていた。あの『一ヶ月ノート』『仕事のやり方ノート』『忘れないリスト』と書かれたノートだ。『忘れないリスト』と書かれたノートを手に取る。箇条書きでいろいろ書かれていたその中に、「真央が好きなもの」と書かれたページが出てきた。思わず手が止まる。

『真央が好きなもの――。春栄堂のバームクーヘン。小豆のアイス、バターたっぷりの焼きたてトースト、町内会の盆踊り大会、サイクリング、コメディ映画』

思わず微笑んだ。春栄堂のバームクーヘンは、実は娘たちよりも私の方が好きなのだ。完全に晃一にバレていた。「小豆のアイス」は、コンビニに行くと必ず買って帰るアイテムだ。でもあれは、晃一も大好物なはずだ。あれ？　焼きたてのトーストにバターは、私じゃなくて晃一の好物じゃなかったっけ？　毎年、浴衣を着ていく盆踊り大会。一度、穂花がいなくなって大変だった。二人で捜し回ったら、やぐらの周りの輪に入って、大人たちと一緒に踊っていたこともあったな。

『真央の好きな場所――。白鳥山公園のひまわり畑。子どもたちとキャンプした東浦山』

白鳥山公園、懐かしい……。朱音と穂花が小さい頃、よく連れていった。一面のひまわり畑の前で何度も写真を撮った記憶がある。あの写真どこに行ったっけ？　キャンプも昔はよく行ったな。アウトドアで食べるバーベキューは最高だった。朱音が虫嫌いになってしまってから全く行かなくなったけど。また行きたいな。

『性格――。ちょっとせっかちで、あわてんぼう。誰よりも他人思いで心があったかい。出会えて良かった』

嬉しくて、涙が溢れてきた。晃一の顔が見たくなった。

しかし、次の『プロポーズの言葉は――』の後が、空白になっていた。思い出せなかったのだろうか。ページもなぜかここで終わっている。

不意に嫌な胸騒ぎがした。そういえば、しばらく晃一の気配がない。どこに行ったのか？　急いで一階に下りる。リビングにはいない。トイレにもお風呂にもいない。二階の娘たちの部屋にもいない。玄関に向かう。晃一のサンダルがない。あの日と同じだ。どこかに出かけて、また帰ってこられないのだ。いつか見た記事を思い出す。

「認知症で行方不明……」。急に不幸のどん底に落とされてしまった。私は動揺し、気がつくと、家を出て走り出していた。

「パパ！　パパ！」

何度も声を上げながら捜した。あの時と全く同じだ。スーパー、コンビニ、書店を回る。どこにもいなかった。またあの公園なのか。走って公園に向かう。

夜の公園は、相変わらず薄暗くて誰もいなかった。でも、大雨が降っていたあの時と違って、今夜は静まり返っていた。入り口でランプを持っていないことに気づく。慌てて出てきてしまったから仕方ない。そのまま公園に入っていく。

「パパ！　いるの？」

公園の奥まで小走りで入っていく。あの時、晃一が座っていた木が前方に見えた。思わず走るスピードを上げる。途中、何かにつまずき転んでしまった。痛い……。膝を見ると、擦《す》り傷から血が出ている。痛みを我慢して、歩き続ける。木の前まで来たが、誰もいない……。

「パパ、どこに行ったの？……」

不安で、寂しくて、涙がこぼれた。もう動けない……。そのまま木の下に座り込んだ。やっぱりダメかもしれない……。こんなことが続くと気持ちが耐えられない……。何があっても絶対に晃一を支えると決めたのに……。晃一を失ってしまうかもしれないという不安で、その場から動けなくなってしまった。

どれくらい動けずにいたのだろうか……。膝の痛みが引くと、少し落ち着いた。やっぱり、晃一を失いたくない。私は晃一がいないとダメなんだ。もう一度立ち上がる。

「パパ！　パパ！」と声を出し、また歩き出した。

「ママ！」

後ろで聞き慣れた声がした。振り返ると、暗い公園の奥から小さな灯りが近づいてくる。あのオレンジに光るランプだ。持っているのは晃一だった。私はホッとして、その場で動けずにいた。

晃一が近づき、隣に座る。少しからかうように言った。

「ママ、夜のお散歩ですか？」

私は黙って首を振った。晃一が心配そうに言った。

「急にいなくなるからびっくりしたよ」

「家にいたの？」

「ベランダで月を見てたんだ。あんまり綺麗だからママにも見せたくて戻ったら、いないからさ」

自分のサンダルをベランダに持っていってたのか……。完全に私の勘違いだった。

「なんか勘違いしちゃったみたい。ごめんごめん。でももう大丈夫だから……。大丈夫大丈夫」

無理やり笑顔を作り、立ち上がろうとした。

晃一は優しく、「真央」と昔のように名前で呼んだ。

「大丈夫じゃなくていいんだよ」

「え？」

晃一の言葉の意味が、一瞬分からなかった。

「俺さ、認知症になって分かったことがあるんだ。大丈夫じゃない時とか、しんどい時は、もっと周りに頼っていいんだって。甘えていいんだって」

晃一は続けた。

「だから、真央が辛い時は、大丈夫じゃないって言って欲しい。泣きたい時は泣いて欲しい。ありのままでいいんだよ」

私はまた涙が込み上げてきた。

「だってさ、俺たち、出会ってから、ずーっとそうやってきたよね」

涙が溢れ始める。私は何度も頷いた。

「真央、プロポーズの言葉、まだ覚えてる？」

私は涙をこぼしながら小さく頷き、その大切な言葉を伝える。

「何があっても」

その後に続く言葉は、晃一も同時に言っていた。

「ずっとそばにいるから」

「ずっとそばにいるから」

私は更に涙がこぼれた。ゆっくりと隣の晃一の顔を見る。

〈あの時と同じだ――〉

あの日、また両親に結婚を反対された。もう三度目だった。今回は「もう来るな」とまで言われた。「もうダメかな……」と帰りに泣き出してしまった私に、晃一は力強く言った。

「俺は諦めない。絶対、真央と結婚したいから」

そして、一生忘れない大切な言葉を伝えてくれた。

「大丈夫――。何があっても、ずっとそばにいるから」

あの時の穏やかで優しい顔の晃一がそこにいた――。

「覚えててくれたんだ」

「ああ、なんでだろうな。俺、認知症なのにな」

晃一が笑って言った。私も笑った。

そこに懐中電灯の灯りが差した。私たちが振り返ると、朱音と穂花の姿が見えた。

二人が走ってくる。穂花が泣きそうな顔で言った。

「ママ、急にいなくなるからびっくりしたじゃん」

「ごめん、ごめん」

朱音は、私たちを冷やかすように言った。

「でも、お邪魔だったかな」

私は涙を拭きながら、「ありがとね」と言った。

そこに「真央ちゃーん」と呼ぶ声が聞こえた。いくつも懐中電灯の灯りが近づいてくる。晃一の友達の佐山やサッカー仲間たちだ。隣の家の美幸やその息子の遼も走ってきた。あっという間に、皆に囲まれた。

私が驚いていると、朱音が言った。

「パパが心配して、みんなに電話かけまくっちゃって……」

晃一はしきりに恐縮していた。皆は、「いいよ、いいよ」と笑っていた。佐山がおどけて言った。

「晃一が浮気でもして、真央ちゃん家出しちゃったのかと思ったよ」

「な、わけないだろ!」

誰かが突っ込んだ。皆がどっと笑った。「でも、良かった」「びっくりした」、口々に言っている。遼が朱音に近づき、「良かったな」と言った。朱音は「うん、ありがとうね」と言った。遼は嬉しそうな顔で照れていた。

皆が持っている懐中電灯の灯りで、私たちのいるその場所だけが、明るく温かく光っているように見えた。

私は、気づいた。私が晃一を支えてきたのではなかった。支えられていたのは私の方だったのだ。

そして、ここには素敵な人たちがいる。たとえ小さな灯りでも、みんなで灯せば、世界はこんなにも明るくなる。だから、もう一人で抱えなくていい。もう大丈夫。元の私たちに戻るだけでいい。

皆の笑顔を見ながら、抱えていた不安が消えていくのを感じていた。

九年後——

只野晃一

朝、ベッドの頭に置いていたスマホのアラームが鳴った。真央はもう起きているのか、隣にはいなかった。スマホを手に取り画面を見ると、『今日の予定は、十時からテレビの取材だよ』と表示されている。アラームを止めて、起き上がる。

朝食を終え洗面室で歯を磨いていると、朱音がやってきた。

「パパ、歯を磨くの、今朝三回目だよ」

歯磨きを始めた朱音を鏡越しに見る。相変わらず髪は茶髪だ。またメイクが少し派手になった気がした。

「ん？　あ、そっか」

僕が答えると、そこにやって来た穂花が言った。

「歯が綺麗になって、いいじゃんねー」

「だよねー」

僕は、穂花と波長を合わせて大袈裟に言い返す。専門学校に通う穂花はアルバイトに忙しいようだ。急いで髪を整えている。今度は穂花が、思い出したように僕に突っ込む。

「ってか、パパ。貸した私のiＰｏｄ、間違えて音楽消しちゃったでしょ？」

「ん？　あ、そっか？」

僕が答えると、今度は朱音が歯磨きを続けながら言った。

「また入れ直せばいいじゃんねー。パパ」

「だよねー」

今度は、朱音と波長を合わせて言い返す。

「なにそれ。あ、今日またテレビの取材でしょ？　かっこよく映ってね」

髪を整え終えた穂花がそう言ってバイトに出かけた。僕が口を濯《ゆす》いでいると、朱音は歯磨きを続けながらまた聞いてきた。

「今日は、ママがメインでしょ？　ママ、大丈夫かな」

朱音の言う通り、今日は真央がメインの取材だった。でも、初めてのテレビ収録の割に、朝から緊張しているようには見えなかった。

「大丈夫じゃないかな。ママ、あんまり緊張とかしないし」

僕がそう返すと、口を濯ぎ終わった朱音が笑った。

「違うよ。ママが勝手に一人でしゃべり続けないか心配してるの」

そう言うと、「行ってくるね」と急いで仕事に向かっていった。僕はその後ろ姿を見ながら、笑っていた。


認知症と診断されてから九年が経った。

その間、認知症が進んでいるのか止まっているのか、正直分からない。いや、ゆっくりと進行しているはずだ。

先日は、リビングに家族全員がいた時、ふと娘二人の顔が分からなくなった。周りと真央の姿を見て、この二人が自分の娘だということは理解出来た。でも、その日は最後まで思い出せなかった。

ある夜、真央の顔が分からなくなったこともあった。テーブルの前に座る真央の顔に見覚えがなく、しばらくじっと見ていた。すると、それに気づいた真央が、「あ、ママだよ。あなたの奥さん」と笑って言ってきた。僕は、真央のあまりの大らかさに思わず笑ってしまった。

「只野さんの認知症は、軽くて特別だ」と言われることがある。でも、僕はそうは思わない。生活していく上で、困ることは少なくないからだ。でも、いろんな工夫をして困らなくしているだけだ。失敗しても、また工夫をすればいい。

会社では営業の仕事から本社の総務部に異動となった。人事や採用担当として、社長や周りにサポートされながら働いている。九年前、退職届を出した僕に、「続ければいい」と社長は言ってくれた。同期の宮下や同僚たちは、社長に「辞めさせないで」と直談判してくれた。今も常に体のことを気にかけてくれる同僚がいる。普段と変わらず食事や飲みに誘ってくれる同僚もいる。困った時や忘れた時に、「助けて欲しい」と言える職場があった。僕は本当に周りに恵まれていた。

また、最近では、認知症の当事者として講演して欲しいと全国から呼ばれるようにもなった。社長からは「どんどん行け」と言われている。営業の仕事ではなくなったが、人と話すことは前より増えたかもしれない。講演の出張も増えたが、真央は全く反対しない。

「心配はするけど、信用してるから」

それがその理由らしい。

講演に行くと、まだまだ認知症のことを理解されていないな、と感じることがある。講演前、トイレに行こうとすると主催者が一緒についてきて、便器の傍で見守られたこともあった。気になって、ゆっくり用を足せなかった。心配でそうしてくれていることは分かる。ただ、自分が逆にそんなことをされたら――という発想に欠けていると思った。

主催者によっては、「講演会場までは一人で行きます」と言うと、「どなたかお連れの方はいらっしゃらないのですか?」と心配されることもある。僕は海外を含めて、ほとんど一人で行動している。それを伝えても、「一人で来られるならこの講演の話はなかったことに」と言われたこともあった。「もし何かあった場合の責任を取れないから」ということがその理由だそうだ。

一度、出張の際、ネットで予約したホテルが、当日行ってみるとラブホテルだったことがあった。どうやら申し込んだ時に間違えたようだ。僕は気にせずチェックインし、講演会場に向かった。すると講演終了後、主催者が「車でホテルまで送る」と言い出した。僕は何度も断ったが、「どうしても」と言うので受け入れた。ラブホテルの前で「ここです」と伝えた時の主催者の驚いた顔は、今でも忘れられない。

最近では、僕の個人メールアドレスに全国の認知症本人から相談が来ることも増えた。講演で出張する際は、近くの本人に会いにいくようにしている。先日は、高知で四十一歳の時に認知症と診断されたシングルマザーと会ってきた。中山志乃というその女性は、小学生から大学生まで三人の息子を育てていた。僕と話をしたあと、「勇気をもらいました」と泣きながら笑ってくれた。

テレビや新聞の取材も受けるようになった。以前は、娘たちが嫌がるかもしれないと断っていた。父親が認知症だと周りに知られることで、いじめられる可能性があると考えていたのだ。でもある時、朱音の友達が通う高校から講演を依頼され、そのことを彼女に相談したら意外な答えが返ってきた。

「別にいいよ」

朱音は、僕の病気が知られることを気にしていないようだった。穂花にも聞いたが、

「パパは、いいことをしてるんだから、いいと思う」と返ってきた。

認知症である僕のことを「恥ずかしい」とは思っていない。むしろ、まだ僕自身の

方に偏見があったことを気づかされた。

それから僕は、テレビやメディアにも出るようになった。認知症の本人として一歩踏み出すことで、不安を抱えている全国の本人たちに、前向きな気持ちになってもらえたらと考えている。

只野真央

ソファに座りながら、私は少し緊張していた。

正面にカメラ、その後ろにはカメラマンやディレクターやアシスタントがいる。彼らの手には、「デイリーワイド特集　認知症最前線」と書かれた台本がある。斜め前には女性リポーターがソファに座っている。自宅のリビングにこれだけ見知らぬ人が入ったのは初めてかもしれない。

「あ、奥さん、リラックスしてくださいね。失敗しても、編集で上手くつないじゃいますから」

緊張を察してか、ディレクターが笑顔で声をかけてきた。

「はい」

少し深呼吸して、晃一がいるダイニングテーブルの方を見た。

晃一は番組プロデューサーとモニター画面を見ている。慣れているのだろうか。全く緊張していないようだ。

「それでは行きましょう。本番五秒前、四、三――」

ディレクターの声で背筋を伸ばした。撮影が始まった。リポーターがカメラ目線で話し始める。

「デイリーワイド、今日の特集は、認知症最前線です。こちらは、ご主人が九年前に、若年性アルツハイマー型認知症と診断された、只野真央さんです。真央さん、今日はよろしくお願いします」

「よろしくお願いします」

「では、早速なのですが、ご主人である晃一さんが九年前、三十九歳の時に認知症と診断されました。その時、どんなお気持ちになられましたか？」

「そうですね。その時は主人も私も絶望して、これで人生が終わったと思いました。まだ、長女は中学一年生、次女は小学五年生でしたし」

「そうでしたか。その後、やはりお二人の娘さんを抱えながら大変なご苦労をされたのではないでしょうか？」

リポーターは、悲しそうな表情で聞いてきた。私はその表情が少し気になりながら、答えた。

「そうですね。娘たちが大変でした。思春期の頃、反抗期が酷くて、本当に苦労しました」

リポーターは更に悲しそうな表情になった。今にも泣き出しそうだ。

「やはり、お父様が認知症ということで、普通のコミュニケーションが取れなかったのでしょうね。それは大変でしたね」

私は、リポーターのリアクションに違和感を持ちつつ答えた。

「あ、いえいえ、主人にじゃなくて、私への反抗が酷いんですよ。そりゃ大変でしたよ。特に上の娘。高校になってすぐに口もきかなくなっちゃって。やっぱり女同士は難しいんですかね。そりゃ気持ちは分かりますよ。私だって、元女子高生ですから」

話をしているうちに緊張がなくなってきた。でも、リポーターを見ると、その表情は冴えない。どちらかと言えば、少し困惑しているようだ。リポーターは、悲しそうな表情を作り直した。

「でも、ご主人は、いろんなことをお忘れになったり、時に徘徊したりと、ご家族はさぞ辛かったでしょう」

辛い――。辛いという感情は全くなかった。私は明るく返した。

「辛いというか、まぁいろいろ工夫して乗り切っていますよ」

「そうは言っても、認知症ですから、ご近所ともトラブルを起こしたりと、奥様も大変な毎日なのではないでしょうか?」

「大変って――。そんなの認知症に限らず誰だって大変なことはあるものですし」

「はぁ」

「それより、下の娘の反抗期は中学だったんですけど、ご飯食べてる時も一言も話さないんですよ。一言もですよ。せめて、ご馳走様くらい言えって感じですよ。あ、今は普通に戻ってますけどね。あれ? 何の話してましたっけ?」

私は自分が饒舌になっていることに気づいて、ハッとした。やはり、リポーターは困惑していた。リポーターがディレクターの方を見た。

「あ、一回止めようか」

ディレクターが撮影を止めた。モニター前のプロデューサーを見た。険しい表情で、明らかに不機嫌な顔をしている。晃一はその隣で、笑うのを必死で堪えているようだ。やはり饒舌になりすぎたか。プロデューサーが「仕方ない」という表情でディレクターに目配せする。ディレクターが「再開します」とリポーターに声をかけた。

私の撮影が終わると、晃一へのインタビューが始まった。晃一は、普段通り普通に受け答えしている。スタッフたちの様子を見ると、やはり不満なようだ。要するに、彼らの撮りたい映像ではないのだ。認知症に苦悩し、人生に絶望する晃一や私の姿を撮影したいのだ。

ディレクターが一旦撮影を止め、晃一に聞いた。

「只野さん、認知症になって九年なんですよね」

「はい、そうですよ」

「本当に認知症なんですか?」

「え?」

「なんか、認知症っぽくないですよね」

「そうですか?」

「出来れば、もっと認知症っぽい動きとか、認知症っぽい話をしてくれませんか?」

「ん? 認知症っぽい……」

「ええ、もっと、こうワケが分からない感じとか、暗くて悩んでいるとか……。ありますよね？」

ディレクターは、両手で頭を抱えたり、眉間《みけん》を指で摘《つま》んだりしながら説明した。晃一が笑った。

「そんなのしませんよ。なぁ、ママ」

私も笑って答えた。

「しませんよー」

スタッフたちのため息が聞こえてくるようだった。

結局、撮影は最後まで続いた。でも、撮影機材を車に積み込んでいるスタッフたちの後ろ姿は、明らかに落胆していた。プロデューサーがアシスタントに、「もっと認知症っぽい人を探せよ」と話している声が聞こえてきた。

スタッフたちの車を見送った後、晃一に言った。

「しかし、相変わらずね」

「まぁこれが世間の認知症へのイメージなんだよなぁ」

「パパは腹が立たないの？」

「そんなことを気にしてたらキリがないよ」

晃一が笑って答えると、スマホのアラームが鳴った。晃一の手元のスマホには『あと十分で出発する時間だよ』と表示されている。

「あ、もう出る時間だ」

「今日は、『オレンジ・ランプ』だね」

「うん、そう。じゃあ、行ってくるね」

晃一が玄関に向かう。私もあとに続く。シューズボックスの上には、ランタン型のランプが置かれたままだ。でも、九年前のあの夜以降、一度もそれを使ったことはない。あれからはずっと、ただのインテリアとして機能している。

天気が良さそうなので、玄関の外まで一緒に出た。「じゃあね」と手を振り、晃一が歩いていく。先を見ると、隣に住む美幸が犬の散歩に出かけるタイミングだ。晃一とすれ違う。「行ってきます」「行ってらっしゃい」と互いに笑顔で挨拶をしている。美幸がこちらに気づき、手を振ってくる。私も振り返す。いつもの見慣れた風景だ。

晃一は今、認知症の本人として、講演で全国から呼ばれるようになった。年間百回以上、講演することもある。国内だけでなく、スコットランドや中国、台湾でも講演した。その多くは一人で出張している。

「スマホがあればなんとかなる」

晃一はいつもそう言っている。

私も以前、地方での講演についていったことがある。前日、会場となるホテルのレストランで、主催スタッフたちと食事をすることになった。軽くお酒も入っていたところ、途中で晃一が「トイレに行ってくる」と言った。皆が一斉に私を見た。「ついていかなくていいのか」と心配していたのだ。

「大丈夫ですよ」

私は明るく答えた。それでも皆、心配しているようだった。その後、晃一がしばらく帰ってこない。皆が心配し始めているのが分かった。痺《しび》れを切らした一人が聞いてきた。

「只野さん、大丈夫でしょうか?」

私は全く気にしてなかった。

「大人ですから、周りに聞いたりして何とか帰ってくるでしょう」

そう答えると、皆が驚いていた。そこに晃一が戻ってきた。

「トイレ行ったら、帰り方が分からなくなっちゃった」

晃一は笑っていた。

「戻ってこられて良かったねー」

私が明るく答えると、そのやりとりが面白かったのか、皆が大爆笑となった。さっきまでの心配が一気に吹き飛んだようだ。そうだ。大抵のことはなんとかなる。

「これでいいんですね」

そう言ってくる人たちに、「これでいいんですよ」と私は答えた。


七年前、晃一は市と共同で「オレンジ・ランプ」という認知症の相談窓口も立ち上げた。認知症の本人たちが、一歩前に踏み出すための入り口にしたいと言っている。晃一の生きる力は本当にすごい。私も刺激を受けて、近隣で開催される子ども食堂に、ボランティアとして参加するようになった。運営スタッフ側には、認知症本人である晃一や加藤も参加している。

前回は、隣の家の美幸も参加した。加藤は「体力的な限界を感じた」という理由でサーフィンを諦めたらしい。そのあと、ゴルフやランニングにもはまったようだが、最終的には子ども向けのボランティア活動に目覚めたようだ。自分が社会の役に立っているという実感が、毎日の刺激になっているという。

この九年間で、認知症に対する社会の見方も少し変わってきた。

認知症の本人たちは、SNSやメディアなどで情報を発信するようになった。自治体や民間にも様々な相談窓口が出来た。認知症の診療を専門に行う「物忘れ外来」や専門クリニックも増えてきた。私たちの地元のかかりつけ医「高橋医院」の若い医師も、認知症サポート医による認知症研修を受けたと言っていた。


しかし、あっという間の九年だった。

長女の朱音は既に社会に出て、好きだったアパレルの業界に就職した。次女の穂花は専門学校生で、今年成人だ。思春期の頃、二人とも反抗期が激しかった。全く口をきかなくなったり、家出をしたこともあった。正直、晃一の認知症の対応どころじゃなかった時もある。

でも、振り返ってみると、逆にそれが良かったのかもしれないとも思う。晃一には、自分のことは自分でやってもらうことが多かった。娘たちも晃一に対して、「認知症の父親」ではなく「普通の父親」として、言いたいことを言って反抗していた。

今でも、九年前のあの夜を思い出すことがある。朱音と穂花に、晃一の病気のことを伝えたあの夜だ。あの時、佐山たちとの久しぶりのサッカーから帰宅した晃一を、二人は玄関まで走って迎えにいった。穂花は晃一に抱きついた。

「パパ、パパはずっと穂花のパパだから」

晃一は驚いていた。その後ろで、朱音が言った。

「パパ、私、気にしないから。私がずっと覚えているから」

しっかりした口調だったが、その顔は泣きそうになるのを必死に堪えていた。晃一が私の顔を見た。私は黙って頷いていた。晃一は、全て理解したという風に頷いた。

「朱音もおいで」

晃一が朱音を呼ぶ。朱音が近づくと、晃一は穂花と一緒に強く抱きしめた。

「ありがとう。朱音、穂花」

朱音も晃一に抱きついた。朱音は静かに泣いていた。私もその後ろから三人を抱きしめた。私は、その温《ぬく》もりをゆっくり感じていた。

あの夜から九年も経ったのだ。

只野晃一

『オレンジ・ランプ』は、新築された市役所の庁舎の一角にある。僕のような認知症本人が、認知症本人の相談に乗る窓口だ。この窓口を企画したのは、市の若い職員だ。九年前、介護保険の相談に市役所に行った時、窓口で対応してくれた森本亘だ。祖父が認知症だったらしく、何か出来ないかと考えて僕のところに相談に来て実現した。オレンジ・ランプの相談窓口に来る認知症の本人は、そのほとんどが家族に連れられてやってくる。こちらから何か質問しても、家族が代わりに答えてしまうことが多い。

今日、来られた七十代の老夫婦もそうだった。

夫の木下達郎と一緒に来た美重子は、認知症だった。達郎の押す車椅子に乗せられてやってきた。無表情で言葉を発せず、ずっと下を見たままだ。僕が何か質問しても、達郎が代わりに答えた。達郎は溜まった愚痴を吐き出すように、一方的に話し続けた。

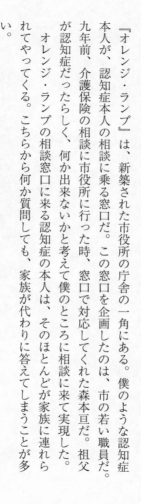

「私が介護しているのですが、妻はもう何も出来ないんですよ。もう何年も前からです。私の話も分かっていないみたいですし、何も話せないんです。感情もないし。認知症になるとこっちが大変ですよね。何も出来なくなるし」

達郎は話をしながら、持ってきた紙袋の中から水筒を取り出し紙コップに注《つ》ぐ。それを美重子の口元に持っていき、ゆっくりと飲ませた。慣れた手つきだった。美重子は近いうちに特養に入所するようだった。

「目を離したら徘徊するんでしょ。だから、ずっと見張っていますし。あと、認知症にダメな食事があるとかで。甘いものがダメだって聞いたことがあるんです。なので、私も妻もあんこが好きなんですけど、ずっと我慢しているんです。それで認知症が進んでも大変ですし……。私、結構、頑張っているでしょ？」

僕は「あんこ」という言葉に美重子が反応したことに気づいた。その瞬間だけ、達郎の方を見たのだ。僕は達郎の話を気にせず、「美重子さん！」と呼びかけた。達郎は驚いて話を止めた。

「ちょっと僕と一緒に歩きませんか？」

立ち上がり、美重子のそばに近づいた。美重子の車椅子を押して、部屋の外に連れ出す。達郎は驚き、「ちょっと！」と制止しようとしたが、森本が「一緒にどうですか？」と声をかけてくれた。達郎は、慌てて出かける準備をしていた。

僕は車椅子を押し、美重子を市役所の横の公園に連れていこうとしていた。この公園の中央広場には、いつも「たい焼き」の屋台が出ているからだ。さっきの反応を見る限り、美重子は「あんこ」が大好きなはず。達郎と森本は少し離れて後ろから歩いてきている。達郎は止めようとするかもしれないが、いつものように森本が何とかしてくれるだろう。

公園に着くと、やはり中央広場にはいつもの「たい焼き」の屋台が出ていた。僕は、広場のベンチのそばに車椅子を停めて、「ちょっと待っててくださいね」と美重子に伝え、一人でたい焼きを買いに向かった。達郎との距離は、まだもう少しある。

買ってきたたい焼きを美重子に渡したタイミングで、達郎が追いついた。「ちょっと、ダメですよ！」と達郎は制止しようとしたが、美重子はたい焼きを手に取るなり、ガブリと頭から食べた。

「あぁ、せっかく今まで我慢させてきたのに……」

達郎は肩を落とした。

「なんてことしてくれたんだ」

達郎の怒りはお構いなしに、美重子は口をもぐもぐとしながら食べていた。ただ、その表情はさっきと別人のような笑顔になっている。

「あぁ、美味しい」

美重子が初めて声を出した。達郎が驚いて、目を丸くした。

「お前、声……」

「美味しいね。はい、半分こ、お父さんも好きでしょ？」

美重子は自分のたい焼きを二つに割り、達郎に差し出した。達郎は驚きのあまり、それを受け取れずに呆然としている。

「でも、本当はお父さん、丸子屋のたい焼きが好きなのよね。尻尾までたっぷりあんこが入っているからね。今度また買ってきてあげるね」

「お前、覚えているのか？」

美重子は、たい焼きの尻尾の部分を割って中を見た。

「わぁ、お父さん、これ、尻尾まで入ってる。よかったわね。はい」

達郎は嬉しくて泣きそうになっていた。美重子が普通に話をしている姿を見て、感動していた。達郎も渡されたたい焼きを食べた。

「あぁ、ほんとだ。美味しい……。ほんと、美味しい……」

嬉しそうに何度も繰り返した。美重子も「うん、美味しいね」と繰り返した。僕も自分の分のたい焼きを半分に割り、森本に渡した。僕も、森本もガブリと食べた。甘いあんこの味が口の中に広がる。

「ほんと、これ美味しい」

僕は森本と顔を見合わせて笑った。

只野真央

今日は、晃一が地元の市民ホールで講演する。

「認知症になっても安心して暮らせる社会を考える」という市が主催するシンポジウムで、プログラムの最後の基調講演で壇上に立つらしい。久しぶりに参加してみると、二百席ほどの会場はほぼ満席だった。参加しているのは四十代から七十代くらいの地域住民だ。中には、認知症の本人とその家族らしき住民が何組もいた。

主催者の挨拶のあと、パネルディスカッションが始まる。医師や大学の研究者たち、家族の会の理事などのパネリストが発表や議論を始める。専門家の立場、家族の立場からそれぞれの意見を述べていた。

次は、市の認知症への取り組み事例が発表された。認知症カフェや就業支援など、壇上のスクリーンに様々な施策やそれらの写真が映し出された。

ようやく晃一の登場だ。司会者が晃一の名前を呼ぶ。会場の拍手の中、晃一がゆっくりと舞台袖から現れる。ジーパンにジャケットのいつもの変わらないスタイルだ。手には、講演の内容が書かれた資料を持っている。晃一は「話す内容を忘れても困らないように」と、毎回その資料を持って講演している。

講演台につくと、会場を一旦見渡し、「こんにちは。只野晃一です。今日はよろしくお願いします」と頭を下げて挨拶した。会場はまた拍手を送った。

いきなり、晃一が苦言を呈した。

「さっきスクリーンに映っていた写真、認知症の本人の顔にモザイクがかかっていました。おかしくないでしょうか？　私たちは悪いことをしたのでしょうか？　認知症は恥ずかしいことでしょうか？　ここにいる皆さんは、いつ認知症になるのか分からないのに、認知症になったら人生を終わりにするんですか？」

会場は静まり返っていた。晃一は、講演台の上に視線を落とし、資料を手に取って見た。そして一度深呼吸してから本題に入った。

「皆さん、認知症って、他人事だと思っていませんか？　もちろん、私もそうでした。でも、二〇二五年には高齢者の五人に一人が認知症になるって言われているんです」

いつもの講演が始まる。話す内容はいつも同じ。伝えたいことや考えていることが、ずっと変わっていないからだ。認知症と診断された時、絶望と不安で心が病んでしまったこと。人との出会いで前向きに生きることが出来るようになったこと。そして自分たち認知症の本人は今、何をしなければならないか。それらを悲愴《ひそうかん》感なく、面白おかしく話す。晃一のユーモア溢れる話に、会場は温かい雰囲気になっていく。このスタイルも講演を始めた時から、ほとんど変わっていない。晃一は、時々資料に目を通しながら、四十分ほどかけてそれらを全て話した。

「認知症と診断されて九年になりました。少しずつ進行していると実感しています。もちろん、不安がないと言えば嘘になります。でも、工夫をすることでこの先も自立出来ると考えています。人とのつながりが私を前向きに動かし、周りのおかげでよりよく生きることが出来ています」

最後に晃一は持っていた資料を置き、会場を見渡した。

「どうか、私たちの声を聞いてください。私たちの出来ることを奪わないでください。認知症になっても、変わらず、一人の人間です。私たちをお世話するのではなく、共に歩いて欲しいのです」

講演が終わると、大きな拍手が巻き起こった。

皆、次々と立ち上がって拍手をしている。涙を流しているお年寄りもいた。笑顔で顔を見合わせている年配の夫婦もいる。

きっと今日、また一歩、ここから踏み出す人がいるはずだ。

私もその場で立ち上がり、壇上の晃一に大きな拍手を送る。

拍手はいつまでも鳴り響いていた。

私の夫、只野晃一は認知症だ。

正式には、「若年性アルツハイマー型認知症」。
三十九歳の時にそう診断された。
当時、二人の娘はまだ中学二年生と小学五年生だった。
でも、あれから九年経った今も、普段通りに家族で暮らしている。

大切なことは、
認知症になっても、障がいがあっても、
安心して暮らせる社会にしなければならないということ。
恐れたり、悔やんだりするのではなく、
認知症と共に生きていく。

そのためには、私たち一人一人が変わらなきゃいけない。
でも、大丈夫。
私たちは知っている。
誰しも心の中に、
思いやりという名の小さな灯火《ともしび》を持っているということ。
そして、その灯りが集まれば、
未来はきっと明るくなるということを。
今なら、はっきりと言える。
「認知症になっても、人生終わりじゃない」

解説――だれもが安心して認知症になれる社会を

丹野智文

山国さんとの出会いは上海講演でした。上海に行ったということは覚えていますがどこに行って何をしたのか私の記憶にはほとんど残っていません。

私は『ケアニン』や『ピア』など山国さんが作った映画をずっと見てきました。でもどこか支援する側の目線の映画で当事者の気持ちはどう思っているのだろうと心の中で考えていたのです。

私は自分が認知症となったからなのか、映画を見ていても、この時認知症のご本人はどのように感じているのだろうかと考えてしまうのです。みんなと見ている視点が違うと感じていました。

一緒に山国さん達と上海に行って楽しんで、日本への帰国が近づいてきた時、認知症のご本人がどのように思って感じているのか、知ってもらいたいという気持ちから、山国さんに私の本『笑顔で生きる』を渡したのです。

その時はまさか自分の話が映画になるとは思ってもいませんでした。

私は10年前39歳の時に若年性アルツハイマー型認知症と診断され、毎晩泣いてばかりいました。それは泣きたくて泣いていたのではなく、自然と一人になると涙が溢れてきたのです。それだけ不安と恐怖の中にいました。

実際にインターネットでは若年性認知症は進行が早く、2年で寝たきり、10年で亡くなると書いてあったのです。

それを信じ込み、自分の趣味の用具ボディボードやスキーの用具などをゴミ焼却場へ持っていったのです。それは2年後寝たきりになった時に家族が見たり、処分するのは辛いだろうと考えたからです。

映画にも出てきますが、妻や親は心配や優しさから認知症を進行させたくないという気持ちが強く、いろいろな予防策をさせられました。その時が一番辛かったのは覚えています。

自分がやりたくてやっているわけではなく、どちらかというと強引にさせられました。自分のことを思ってやっていることだとわかっていたので反抗出来なかったのです。

しかし、自分の中ではこんなのやっても無駄、やりたくないとどんどん自分の気持ちが落ち込み何も考えられない、諦めてしまっていた時期もありました。自分は認知症だから、どんどん何も出来なくなると思い込み、自分で自分を追い込み、弱い自分を演じていたように今は思います。

私は前向きな認知症の人との出会いにより、前を向くことが出来ました。その後、人前で自分の気持ちを話してみませんかと言われ、数分間泣きながら自分の気持ちを話したのです。

それがきっかけで今は全国をまわって講演をしています。

10年経ち、自分でも本当に自分は認知症なのだろうかと思う時もあります。しかし、確かに10年前よりも人の顔がわからない、出来なくなっていることも増えています。

しかし、挑戦する気持ちや工夫することで、診断直後にはなかった気持ちを持つことが出来たのです。工夫をすることで困らなくなっているのです。気持ちが変わるだけで、認知症の症状が良くなったかと思うような錯覚もあります。

でも、認知症の症状が良くなったわけではなく、実際に失敗することも多く、現実を突きつけられることもあります。

講演をやり始めると、周りの人達からは進行していない、認知症らしくない、診断間違いだろうなどと嫌なことを言われることもありました。

それはみなさんが知っている認知症の人と私があまりにも違うから出た言葉だろうと思います。

私は、症状は増えていても笑顔で過ごせています。私が笑顔でいることで他の認知症の人達も笑顔になるのではないかと思い、目の前の不安を持った当事者が一人でも笑顔になってほしいと思って活動してきました。

現在では認知症と診断されても前向きに笑顔で過ごしている人もいます。全体からみたら一部の人達かもしれませんが、私が診断された10年前に比べたら社会が変わってきたと感じます。

この映画を見て、こんなの理想だろうと思う人もいると思います。現実はもっと大変で認知症の人は何も出来ない、話も出来なくなって大変なんだと思われる人達もいると思います。

しかし、周りの環境で変わることが出来ることを知ってほしいのです。実際に変わった認知症の人がいるのです。私もその一人なのです。家族だけではなく多くの仲間達との出会いにより、気持ちが変わったのです。

私は認知症のご本人も家族も変われると信じています。進行は今のところ防ぐことは出来ませんが、諦めない環境や工夫でより良く生きることが出来るのです。

みなさんが安心して認知症になれる社会を一緒に作っていきましょう。

——おれんじドア実行委員会代表

この作品は書き下ろしです。

オレンジ・ランプ

山国秀幸《やまくにひでゆき》

令和5年4月10日　初版発行

発行人――石原正康
編集人――高部真人
発行所――株式会社幻冬舎
〒151-0051東京都渋谷区千駄ヶ谷4-9-7
電話　03(5411)6222(営業)
　　　03(5411)6211(編集)
公式HP　https://www.gentosha.co.jp/
印刷・製本―図書印刷株式会社
装丁者――高橋雅之

幻冬舎文庫

ISBN978-4-344-43289-5　C0193　や-48-1

この本に関するご意見・ご感想は、下記アンケートフォームからお寄せください。
https://www.gentosha.co.jp/e/